王弟殿下とお掃除侍女

掃除をしていたら王弟殿下(幽霊つき)を拾いました

紫 月 恵 里
E R I S H I D U K I

一迅社文庫アイリス

CONTENTS

CHARACTER
バージル・ダウエル
20歳。セドリックの幼馴染で、自称発明家の変わり者の伯爵。好奇心旺盛で細かいことは気にしない性格。
エディオン・バーグ
24歳。セドリックの部下の神官。気弱そうな印象の青年。浄化能力が高かった為にセドリックの元に配属された。
ノエル・オルコット
22歳。アメリアの兄で、セドリックの秘書官。無表情が常の鋭い顔つきの人物。弟妹を溺愛している。
アメリア・オルコット
17歳。グラストル国の田舎の貧乏子爵家の娘。王宮でお掃除侍女として働きはじめた。すさまじい浄化能力の持ち主。幽霊の姿は見えないが、黒い靄や汚れに見える悪いものを吹き飛ばすように消すことができる。明るく前向きな性格。
ハリエット・ガーランド
グラストル国の女王。セドリックの姉。
コーデリア
王宮を彷徨っている童顔の少女の幽霊。

セドリック・ガーランド
21歳。グラストル国の女王の弟で、神官長を務める。学生時代は文武両道、清廉な美貌から絶大な人気があったが、神官となった後、王位継承権を放棄し自堕落な生活をするようになった。アメリアの浄化能力に目をつけ、自分の側に置こうとしている。
王弟殿下とお掃除侍女
掃除をしていたら王弟殿下（幽霊つき）を拾いました

イラストレーション◆すがはら竜

王弟殿下とお掃除侍女　掃除をしていたら王弟殿下（幽霊つき）を拾いました

Outeidenka to Osoujijyo

プロローグ

「君のモップさばきに惚《ほ》れたんだ」

人生初の告白が、そんなわけのわからない言葉だったなど、世界広しといえどアメリアくらいのものかもしれない。

しかもそれが昼間はほぼ姿を見かけず、稀《まれ》に見かけても昼寝している姿ばかり、だが権力だけは持っているので誰も咎められず、権力の無駄遣いだという悪評が流れている、グラストル女王の弟・セドリックの口から発せられたものだとすれば、いくら田舎《いなか》の貧乏貴族とたまに陰口を叩《たた》かれている身としても、真に受けるのは無理な話だ。

「わたしの働きを褒《ほ》めていただいて、ありがとうございます！　これも王室御用達《ごようたし》のモップのおかげです。一家に一本欲しくなります」

内心冷や汗をかいているのを悟られないように、にっこりと笑いかける。いくら落ちぶれているとはいえ、淑女としての嗜《たしな》みは忘れてはならないと母から仕込まれた所作は、おそらく王宮でも通じるはずだ。できればこのまま見逃《みのが》してほしい。

（やっぱり、あの時助けなければよかった、かも）

セドリックのどことなく興味深そうな色が浮かぶ双眸《そうぼう》を見上げながら、アメリアは必死に笑みを浮かべた。

第一章　王弟殿下、拾いました

麗《うるわ》しき女王が治めるグラストル国。その王城は過去の争いの傷を所々に残しているものの、頑健な要塞《ようさい》の役割をすでに放棄《ほうき》し、貴婦人のような佇《たたず》まいで都《みやこ》の華と謳《うた》われている。

「都の華、のはずなのよね……？」

早朝のためか、人気《ひとけ》のない王宮の廊下で小さく呟《つぶや》き、アメリアは不思議そうに首を傾《かし》げた。薄曇《うすぐも》りが多いこの地方にしては珍しくからりと晴れた初夏の青空をちらりと見上げ、再び城内に目を向ける。

薄汚い。趣《おもむき》のある古城という風情《ふぜい》でもなく、ぼんやりと黒っぽい埃《ほこり》か霞《かすみ》のようなものが壁や廊下全体を覆《おお》っている。先ほど目を向けた窓の外の庭園は人々が楽園の花園と称賛していると聞いていたが、どんよりとした灰色の霧《きり》が漂っていてせっかくの景観を台無しにしていた。噴水があるはずだが、以前見かけた時にはどろりとした粘り気のある真っ黒な水が噴き出していたのを覚えている。あれにはちょっと寒気がした。

「建物にこんなに溜《た》まっているのは見たことがないんだけど……。まあ、人にくっついているよりはましよね。よし、始めようかな」

持っていたバケツを床に置き、気合を入れるようにモップの柄《え》をぎゅっと握りしめたその時だった。

「アメリアさん、今日はここ——東棟のお掃除ではなくて西棟の方をお願いしたいのだけれども……」

ふいに声をかけられて、拍子抜けしたように振り返る。自分と同じ上品な濃紺のワンピースに白いエプロンといった侍女のお仕着せを身につけた少女が、どこか強張《こわば》った笑みを浮かべてこちらを見ていた。その顔色は悪く、肩の辺りに廊下に転がるのと同じ黒い埃のようなものがついている。

「ええっと、西棟、ですか？」

「ええ、少しその、人手が足りなくて……」

視線を彷徨《さまよ》わせる彼女に、アメリアは戸惑ったように目を瞬いた。

（清掃場所を変更するなら、前の日か起床直後に連絡がくるはずだけど……。それに西棟って、あんまりみんなが行きたがらない場所よね？）

理由はあまりよく知らないが、嫌厭《けんえん》されている場所だ。

ふと視線を感じて対峙《たいじ》する少女の後ろを見遣《みや》ると、廊下の角から顔を覗《のぞ》かせている数人の同僚の侍女たちと目が合う。慌てたように侍女たちが体を引っ込めるのを見て、アメリアは小さく嘆息《たんそく》した。

（ああ、なるほど。王宮の端のみんなが嫌がる場所に追いやって、休憩時間も奪おうってことね）

グラストルの王宮は無駄に広い。それこそ建国当初の建物が未《いま》だに残っている場所もあるほどだ。一月前、王宮に上がった時には故郷の館《やかた》が家畜小屋に思えるほどの広さと迷宮まがいの造りに、何度も迷子になりかけた。

(一番前にいた子、わたしと同じ子爵家の娘よね？　仲良くしたかったけれども……わたし何かしたかしら)

子爵家の娘ならば貴人の側仕《そばつか》えの侍女に配属されることの方が多い。清掃担当は男爵や裕福な商人の娘が大半を占めているのだ。自分はその数少ない子爵家出の令嬢に何か嫌われるようなことをしただろうか。

「わかりました、西棟ですね。ちょっとここを仕上げてから行きます」

安心させるように微笑《ほほえ》むと、明らかにほっとしたような表情を浮かべた彼女がそっと後ろを振り返った。誰《だれ》もいないことを確認すると泣きそうに口元を歪《ゆが》める。

彼女は自分よりも一年も前に城に上がったそうだが、おどおどとしていて気が弱そうな印象の少女だ。他《ほか》の先輩侍女から新入りのアメリアに少し嫌がらせをしようとでも言われて、断れなかったのだろう。

「ごめんなさい……。私も手伝います」

「あ、一人で大丈夫ですよ。慣れてますから、ささっと終わらせてきます。それに勤務時間外のお仕事になるのなら、お手当が増えますし。ただ、ちょっとお願いが」

怯《おび》えたように肩を揺らした彼女に、アメリアは内緒話をするように口元を片手で覆った。

「休憩時間に出されるお菓子をちょっとでいいんで、取り置いてくれません？　ほんとにちょっとでいいんです。ええ、ビスケット一枚くらいでも。もし他の方に見つかったら、わたしに頼まれたとか、脅《おど》されたとか、はっきり言ってもらってもかまわないので」

目を丸くする彼女に悪戯《いたずら》っぽく微笑みかけると、いつも心細そうな表情を浮かべている彼女にしては珍しく、柔らかく笑ってこくりと頷《うなず》いた。

(可愛《かわい》い……。友達になれそうかな？　なってくれるといいんだけど)

とある事情から故郷での友人はほとんど作れなかった。王宮に出仕すればできるかもしれないとせっかく期待していたのに、今のようにあからさまな嫌がらせをしてくる同僚しかいない、とは思いたくない。

「ふふっ、楽しみです。ありがとうございます。それじゃ、ここを済ませてから西棟に行きますね」

「すみません、よろしくお願いします」

「あっ、ちょっと待ってください」

申し訳なさそうに頭を下げ、他の侍女たちが怖いのか、慌てて立ち去ろうとした彼女の肩に触れる。次の瞬間、彼女の肩の辺りにわだかまっていた埃のような黒いものが、風に吹き飛ばされたかのように散り散りに霧散した。それを確かめてから、アメリアは口を開いた。

「もしかして、体調が悪かったりしますか？　顔色がよくないような気がしますし、あまりにも悪いようなら医務室まで付き添いましょうか？」

「え、あの、今朝からずっと頭痛がしていたのですけれど……。でも治りましたので、もう大丈夫です。心配してくれてありがとうございます」

わずかに腑《ふ》に落ちなさそうな表情を浮かべる少女だったが、すぐに先ほどよりも血色の良くなった顔に笑みを浮かべて礼を言うと自分の仕事へと戻っていった。

「……うーん、やっぱりここでもちゃんと人にも効くのね、これ」

誰もいなくなった廊下で、手のひらを見つめながら少しだけ落ち込んだように嘆息したアメリアは、気を取り直して再びモップを握りしめた。

「考えていても仕方がないし、それじゃ、始めますか！　綺麗《きれい》さっぱりお掃除しないとね」

まるで悪役のようにうっすらと微笑んだアメリアに、廊下の埃や靄《もや》がまるで生き物のようにびくりと震えたかと思うと、のそりと逃げ出そうとした。見慣れた光景に驚くことなくすかさずモップでこすると、つい先ほど気弱な侍女の肩にわだかまっていた埃が霧散した時のように跡形もなく消え失《う》せる。

「ほんとこれ、なんなのかしらね……」

埃のような、靄のような『なにか』が消えた後には、美しく磨き抜かれた白い石床と、蜘蛛《くも》の巣一つない漆喰《しっくい》塗りの壁が現れていた。

（まあ、なんだっていいけど汚いのはたしかだし、体調も崩すし下手《へた》すると怪我《けが》するし、面倒なことは面倒なのよね。——ともかくさっさと済ませて、西棟に行かなくちゃ）

きっと西棟の担当者には、手は足りていると不思議そうに言われるのだろうけれども。歴代の王族の肖像《しょうぞう》画が飾られたロングギャラリーや、壮麗な聖堂があるというから、一度くらい西棟の方へも行ってみたい。

アメリアは張り切ったようにモップで床をこする手に力を込めた。

＊＊＊

幼い頃《ころ》からおかしなものが見えていた。

それは黒い霧だったり、埃のようにふわふわと漂うものだったり、どろりとした粘り気のある液体のようなものだったりと様々だが、共通して言えることはすべて形を持たず、それらがくっついている人々は決まって体調不良を起こしていたり、怪我をしたり、もしくは精神的な苦痛を抱えていたりする。明らかに問題を起こす『良くないもの』だった。

初めは怯えていたが、それでも自分が触れると瞬く間に消え失せるのに気付いて、それからは積極的に払い落としていた。綺麗な方が嬉《うれ》しいし、幸せな気持ちになる。人が不幸に見舞われ、苦しむ姿はあまり見たくなかった。

その『良くないもの』が他人には一切見えないのだと知ったのは、アメリアが七歳の頃のある出来事がきっかけだった。

その直後、アメリアは『良くないもの』が見える、とはたとえ家族であっても絶対に口にしないと、幼心にそう誓った。


「――おはようございます。お疲れ様です」

西棟へと向かう道すがら、夜警が終わったのか疲れたような顔の騎士にすれ違いざま挨拶《あいさつ》をしたアメリアは、黒髪の真面目《まじめ》そうな騎士に会釈《えしゃく》を返されて機嫌よく先を急いだ。

(会釈してくれるだけましよね。表情は硬いけれども)

それさえもしてくれない同僚や、騎士もちらほらいる。故郷では朝の挨拶を顔見知りではなくても当たり前のようにしていたが、王宮ではどうも違うらしい。驚いたような顔や、迷惑そうな顔、もしくは怪訝《けげん》そうに見られることがあった。王宮の慣習に倣《なら》わなければならないのかもしれないが、何となく気持ちが落ち着かない。

明るい気分で西棟までやってきたアメリアだったが、西棟へ続く廊下を覗き込むなり思い切り顔をしかめた。

「うわぁ……。なんか思った以上に汚い」

先ほどの東棟の廊下は薄汚れている、で済んだが、西棟は壁がうっすらとしか見えず、床に至っては足を踏み入れるのも躊躇《ためら》うような底なし沼のようだった。

故郷にいる時、王宮に出仕している兄から王宮には高名な職人が作った年代物の家具や、神話の一部をモチーフとした天井画などといった見ごたえのある美術品があちこちにあり、まるで美術館のようだ、と聞いていたがこれでは見る影もない。

「これ……、病気になる人が続出しているんじゃないの？　みんなが嫌がるのって、体調が悪くなるせいなんじゃ……」

ごくり、と喉《のど》を鳴らしてモップを握る手に力を込める。これだけの濃いものは一度も目にしたことはない。しかもどこからかわからないが、際限なく流れ出してくる。

(ちょっと気持ち悪い、かも……。でも一度でも掃除しておけば、しばらくは汚いのを見なくて済むし、やりがいがあるってものよね)

西棟の担当者に見咎《みとが》められたら、正直に謝ろう。ともかく一刻も早く掃除を始めたかった。

ふつふつと湧《わ》いてきたやる気そのままに、モップを床に軽く打ちつける。――と、床を覆っていた黒い底なし沼のようなモノがざあっと一瞬にして消え去った。

「え……？」

目の前に現れた明るい早朝の光が差し込む回廊のあまりの眩《まぶ》しさに、思わず目をつぶってすぐに開ける。視界に飛び込んできたのは、華麗な草花の装飾が施された壁と、曇り一つないガラス窓に自分の顔が映るのでは、と思うほど磨き抜かれた床。

「うわぁ、綺麗になってる……って、わたし今、まだ触っていなかったわよね？」

戦《おのの》きながら首を傾げる。さすがに少し驚いた。

いつもは触ったり、気合を込めて掃除をすると消える。今目の前で起こったように、自分の気配だけでまるで逃げるように消えたのは見たことがなかった。

(なんか威力が増していない？　これ以上おかしなことになりたくないんだけどな……。隠しきれなくなったら――いやいや、大丈夫、大丈夫)

ふっと頭をかすめた嫌な記憶を振り切るように、首を横に振る。こんな時には掃除をするに限る。もうすでにどこもかしこも綺麗なのだけれども。

持ってきていたバケツを下ろし、未だに誰も通らない回廊を掃除し始める。

(あー、気持ちいい。心が洗われる。もういっそのこと城中の掃除をしまくりたい。どこもかしこも薄汚れて……。なに、あれ)

気分よくせっせとモップを動かしていたアメリアはふと手を止めて、それを凝視した。

少し先の一際大きく取られた窓の下に、潰《つぶ》れた巨大なカエルのようなモノが落ちていた。日が暮れた後の夕闇《ゆうやみ》が迫る直前の空のような藍《あい》色をしたそれからはゆらゆらと陽炎《かげろう》が立ち上っていたが、ぴくりとも動かない。明らかに普通の生き物ではなかった。思わず服の下につけたペンダントを縋《すが》るように握る。

(また見たことがないものが……。この城本当に大丈夫なの?)

わずかに怖気《おじけ》づきつつ、モップを盾《たて》にするように胸の前で抱えてそうっと近づいてみると、藍色のカエルはぶるぶると震え出した。しかしその場から動こうとしない。頑固な様子に、アメリアは気を引き締めてモップを掲げた。

「覚悟しなさい、そこの——ええと、カエルもどき!」

気合とともにごしごしと藍色のカエルをこすり落とそうと力を込める。

(落ちないっ。頑固な油汚れだってもうちょっと落ちやすいと思う。ああ、もうっ)

なおさらぐっとモップを動かした時、わずかに動いたカエルの隙間《すきま》からちらりと人の頭が見えた気がした。ざっと血の気が引く。人間に『良くないもの』がこびりついているのだとわかった途端、アメリアはモップを放《ほう》り出して直接それをむんずと掴《つか》んだ。ぎゃっという悲鳴が上がったような気がしたが、気のせいだろう。アメリアの手が触れた瞬間に藍色のカエルは煙が吹き散らされるかのように掻《か》き消えてしまった。

「よかった……っ」

ほっとしたのも束の間、うつ伏せに倒れている男性の側《そば》に膝《ひざ》をついて仰向かせる。白金色の髪をした恐ろしく整った顔の青年だった。ただその顔色は青ざめており、形のいい唇などは血の気が引いているのか紫色だ。

「もしもし、生きてますか!?」

「……う」

うめき声があったことに安堵《あんど》して、さらに声をかけようとすると青年の薄い瞼《まぶた》が持ち上がった。数度目を瞬きアメリアに焦点が定まると、青年はなぜか眩しげに微笑んだ。青白かった顔にわずかに赤みがさし、ようやく生気を取り戻したように見える。

「……ああ、天使だ。僕はとうとう天に召されたんだな」

「いやいや、あなた生きていますから。天に召されていませんし、こんな真っ黒な天使がいるわけがありません。ほら、現実ですよ」

助けを求めるように伸ばされてきた手を一度軽く握ってやり、彼の胸元に戻す。

アメリアの髪は木炭のように黒い。瞳《ひとみ》も黒に近い茶色でむしろ魔の使いのような色合いだ。どちらかといえば、白金色の髪と緑の瞳の陶器人形のように整った顔のこの青年の方がよっぽど天使に近い。今気付いたが、神官服を身につけているから、なおさらそのように見える。

（でも、神官なのにあんなものをくっつけていたの？　大丈夫かしら、この人）

アメリアの故郷の神官に『良くないもの』がついていたことは一度もない。むしろ『良くないもの』の方が避けていたくらいだったから、逆に心配になる。

「君が助けてくれたのかな」

「ええと、助けたというか……、ええ、はい。一応そうです。掃除中に倒れているのを見つけて」

あなたに気付かずに、ごしごしとモップでこすりました、とは言えずに、気まずげに目をそらす。しかし、じっと視線を注がれている気配に、さすがに失礼だろうとそちらを見ると、彼は身を起こそうとして力が入らなかったのか、べしょりと再び床に潰れた。ごつん、と額がぶつかる痛そうな音が響く。

「だ、大丈夫ですか？」

「ああ、これくらい大丈夫だよ。床がいつも以上に綺麗だからね」

秀麗な額が赤い。力なく床に寝そべって笑みを浮かべた青年の言葉に、何となく引っかかりを覚えたが、芽生えた不信感を振り払うように立ち上がった。

「あの、今人を呼んできます」

アメリアは自分のエプロンを外したものを丸めて青年の頭の下に引くと、慌ただしく回廊を駆け出した。

「誰かいませんか！　倒れている人がいるんです。どなたかいませんか⁉」

人気のない廊下に、アメリアの焦った声が響く。しかし、一向に返事も、誰かがやってくる

様子もない。いくら早朝でも自分たちのように、すでに起きて仕事を始めている人々はいるはずだ。助けを求めて叫び続けていると、廊下を曲がった途端に唐突に腕を掴まれた。

「うぇっ、ちょっと何する――」

「アメリア」

年頃の乙女《おとめ》らしからぬ声を上げかけたアメリアは、自分の名を呼ぶ声に手を振りほどこうとしてやめた。自分の腕を掴んでいる黒髪の青年を認めて、見慣れた顔に仰天する。

「ノエル兄さん！　どうしてこんなところにいるの？」

「ここは俺《おれ》の配属先だ」

「え、そうだったの？　兄さん、王弟殿下の秘書官だったわよね」

「西棟には王弟セドリック殿下の執務室がある。聖堂も近いだろう」

苛立《いらだ》つことなく、むしろ表情も浮かべずに淡々と述べる兄にアメリアは冷静さを取り戻した。

兄のノエルは故郷ではその名を知らぬ者はいないほど有名な神童だった。所領も少なく、数年来の不作に悩まされていたアメリアの実家のオルコット子爵家にとってはまさに金の卵。このまま田舎《いなか》に埋もれさせるのはおしいと、両親が王都の学校へと送り出すと好成績を収めたばかりか、その有能さを買われて学友でもあった王弟の秘書官になった。アメリアにとっても尊敬できる自慢の兄である。ただ、冷静沈着《れいせいちんちゃく》すぎるのか下の幼い妹などは、あまりの兄の鉄面皮《てつめんぴ》ぶりに怖がって近づかない。

そもそもアメリアが行儀見習いという名目で王宮の侍女になれたのも、兄の伝手《つて》を使ったからだ。王宮で働くにはそれなりに信頼のおける人物からの推薦状《すいせん》がなければ働けない。優秀な兄の推薦によって貴人の側仕えに配属してもらえそうになったが、正体不明の『良くないもの』が見えるとあっては向かないと自分で判断して、身分には不釣り合いな清掃の方へと回してもらったのだ。

幸い、実家でも似たようなことをしていたから、まったく苦ではない。実家の経済状況がギリギリなため、自ら家事もしていた。両親と弟が一人、妹が二人に祖母、という大家族を養うには、兄の仕送りばかりには頼っていられない。

「忘れてた……。あ、そんなことより、人が倒れていたのよ！」

ぐいぐいと兄の腕を引っ張って、もと来た道を戻ろうと足早に歩き出す。

「人が倒れていた……？　まさか薄い金髪の男か？」

「薄い金髪って言うとなんだか髪が薄いみたいなんだけど……。うん、そう。とんでもなく綺麗な顔をしてたわ。ちょうど兄さんと同じくらいの年齢だと思うけど。知り合い？」

何となく嫌な予感がして、おそるおそる尋ねると、兄はアメリアに掴まれていない方の手で落胆したように額を覆った。

「――王弟殿下だ」

「王弟殿下!?　――それって王室付きの神官長様よね？　そんな方がどうしてあんなモノに

――。ええっと、なんでもないわ」

驚きのあまりぽろりと口を滑らせかけて、とっさに片手で口元を押さえる。

（っと、危ない。うっかり言うところだった。思ったより動転してるのかも）

不自然な言動をしたアメリアに何を勘違いしたのか、足を止めた兄が腕を掴んでいたアメリアの手をそっと外して今度は両腕を掴んできた。無表情ながらも、わずかにこめかみの辺りが痙攣《けいれん》しているような気がする。

「お前、王弟殿下になにかされたのか？」

「え、されていないけど……。そんなに素行《そこう》の悪い方なの？」

軽く眉《まゆ》を寄せて兄を見返す。そういえば、何となく会話中に引っかかりを覚えたことを思い出した。

「いや、そんなことはない。ないんだが。――ともかく、お姿が見えずに探していたから助かった。後は俺が引き受ける。お前は仕事に戻って大丈夫だ」

はっきりとものを言う兄にしては珍しく歯に物が詰まったような返答に不信感を覚えたが、職務上の守秘義務でもあるのだろうと、大人《おとな》しく頷く。

「わかったわ。それじゃ、またね。あまり無理しないでね」

「お前も」

軽く手を振って兄と別れたアメリアは、兄の姿が見えなくなると足早に西棟を出た。

途端に頭を抱える。

(いやぁあっ、まずいわ。わたし王弟殿下をモップでこすったんだけど！　気付いていないいわよね？　気付かないわよね？　お願いだから気付かないでくれないかしら。ここでクビになったら、お給料が一回も貰《もら》えない！　お願い、おばあ様守って)

服の下につけた鎖に通した指輪を取り出して、祈る。オルコット子爵家に代々伝わるというお守りの指輪は、故郷から出てくる時に祖母から渡されたものだ。

ふらふらと東棟へと戻ったアメリアは、気弱な侍女が頼んでいた通りにこっそりと取っておいてくれたビスケットに、涙が出るほど嬉しさを爆発させ、念願の友人を得ることとなった。

＊＊＊

グラストル女王の弟、セドリック・ガーランド。二十一歳。

学生時代は常に成績上位、武芸全般にも優れ、人柄は穏やかで朗《ほが》らか。気さくな一面や、その宗教画から抜け出したような清廉《せいれん》な容姿から老若男女《ろうにゃくなんにょ》問わず絶大な人気があった。

卒業後は年の離れた姉女王ハリエットの後継者として、ゆくゆくは王位を継承するものだと思われていたが、予想に反してセドリックは王族付きの神官を希望した。

　この国において神官は、神の教えを説き、多くの様々な知識を蓄《たくわ》えた者として敬われる。なかでも王家付きの神官は、人の子の祈りを神に届けることが許された特別な者として重要な役目を担《にな》っていた。人の子の祈り、すなわち人としての代表者である王の祈りを神に伝える者として、代々の王家とは密接な関係にある。

　その神官に王弟が就任するのは珍しくもないが、一時的なことだろうと思われていた。

　しかしながらセドリックは神官から神官長へと位が上がるなり、王位継承権をも放棄してしまった。

　周囲の驚愕《きょうがく》をよそに、その後、セドリックはまるで人が変わったかのように昼夜逆転の自堕《じだ》落《らく》な生活をするようになったのである。


「――それで、ついたあだ名が『女王陛下の眠り猫』なの？　あ、これ美味《おい》しい」

　不審そうに眉を寄せていたアメリアは、手にしていたビスケットをひと口かじった途端、笑みを浮かべた。町で人気だという焼菓子店のそれは、若干ほろ苦く、砕いたくるみがいいアクセントになっていて美味しい。

仕事が終わり、夕食も済ませ、就寝時間までのほんのわずかな自由時間、アメリアは宿舎の仲良くなった侍女グレースの部屋で彼女が出してくれた焼菓子をつまみながら、おしゃべりに興じていた。

宿舎の部屋はかなり狭いが個人部屋だ。家具は備え付けの寝台と書き物用の机、小さな衣装棚のみだったが、それでも故郷の何度も修繕した痕《あと》のある今にも壊れそうな家具よりはよほど立派で、古ぼけたというよりも年月を経て味が出たという感じを受ける。壁も染み一つない漆喰塗りで、穴など見当たらず隣部屋の物音もそれほど聞こえない。ついでにねずみも一度も見たことはない。他の貴族の令嬢はどうなのか知らないが、アメリアにとってはこれ以上もないほど快適な部屋だった。

セドリックとの遭遇からすでに一月ほど経《た》っていたが、心配していたようなお咎めは何もなく、ようやくどんな人物なのか知りたくなり、聞き出していた。

「美味しいでしょう？　女王陛下もお気に入りだそうで、箱も可愛らしくて小物入れにできるんです」

「わ、本当に可愛い。妹にも見せたくなるわ」

グレースに小花や小動物が描《か》かれた箱を見せられて、アメリアは目を輝かせた。

「今度、お休みにでも一緒に買いに行きましょう。――それでセドリック様ですけれども、噂《うわさ》だとお昼寝をされているお姿が多いらしくて。それでも権力だけは持っているからどなたも咎められず、その……」

「権力を無駄遣いしている？」

言いにくそうなグレースを代弁してアメリアがはっきりとその言葉を口にすると、彼女は慌てたように周囲を見回した。

「大丈夫よ。さすがに一侍女の言葉を盗み聞きされて、王弟殿下に報告されるなんてことはないと思うわ」

「でも、万が一ということがありますもの。王位継承権の放棄などは、なにか重大なことがあったとしか思えませんし」

ぶるりと身を震わせた彼女に、アメリアは考え込むように首を傾げた。

（なにかがあって、王位継承権を放棄して神官の道へ？　それで自暴自棄《じぼうじき》になっているの？　う～ん、どうなんだろう）

はく奪ならともかく、放棄なのだ。自ら手放しているのだから、自棄《やけ》になっているとも言い切れない。

「女王陛下とは仲が悪いの？　あ、でも『女王陛下の眠り猫』なんて揶揄《やゆ》されるくらいだから、そうでもないのかしら」

「ええ、ご姉弟仲は悪くはないようです。でも、昔のセドリック様を懐かしむ方々は以前の殿下に戻っていただこうと、躍起《やっき》になっているという話も耳にしますし、あまりこのことは詮索《せんさく》をしないほうが……。巻き込まれでもしたら、どんな恐ろしいことになるか……。ただでさえ――」

「ただでさえ？」

「王弟殿下の使用人は入れ替わりが激しいことで有名ですから」

怯えたような目をするグレースに、アメリアはしかし今度は考えすぎだとは言えなかった。

王宮に上がることになった際に、兄からその手の権力争い云々《うんぬん》の話を山ほど聞かされ、気を付けるようにと釘《くぎ》を刺されている。

「心配してくれてありがとう。別の誰かからこれ以上聞き出そうとかはしないから、大丈夫よ」

安心させるように笑いかけると、グレースはほっとしたように胸元を押さえた。

「あとね、少し聞きたかったんだけれども……、その敬語は普段からそうなの？」

「――え？　いいえ」

「それなら、普段通り話してくれないかしら。あ、もしかしてわたしが緊張させている？」

癖ではないのなら、なるべくなら普段通り話してほしい。親しくしてくれるならなおさらそう思うのは我儘《わがまま》だろうか。

グレースはきょとんとしていたが、すぐに首を横に振った。

「緊張なんて……。むしろアメリアさん――ううん、アメリアが話しかけてくれると、ほっとするわ。そう言ってもらえるのは、嬉しい」

安堵の笑みを向けられて、アメリア自身も安心したように小さく息を吐く。友人を作るのは容易ではないかもしれないと思っていたが、こんなに早く親しく話せる相手が見つかって、気がかりが一つ減ったことに嬉しくなる。

（でも、やっぱり気になるのはあの変な形の『良くないもの』を王弟殿下がくっつけていたことよね……。『良くないもの』がくっついていると、不幸な方向へ転がり落ちていくことがあるし。あ、もしかしてそのせいで王位継承権を放棄した、とか）

どちらにしろ、セドリックは得体が知れないことは確かだった。

さすがに王位継承のごたごたに巻き込まれたくはない。気になるからといって『良くないもの』がくっついていないか、様子を見に行くことはしないでおこう。

アメリアはそう心に誓った。

そのはずだった。

「申し訳ありませんが、もう一度仰《おっしゃ》ってくださいますか？」

アメリアは信じられない思いで、にこにこと笑みを浮かべて目の前のカウチにゆったりと腰を下ろすセドリックに聞き返した。

今日はあの初めて会った時に見た藍色のカエルのようなものはどこにも見当たらず、強《し》いて言えばぼんやりとした黒い靄のみだったので少し安心していたが、そのほっとした気分も吹き飛んで、アメリアはただ驚きに目を見開くばかりだった。

「君のお兄さんは僕に負債を抱えているんだよ」

「負債……。負債って、つまり——借金、ですか？」

「うん、借金だね」

「嘘《うそ》でしょう⁉」

どうか聞き間違いであってほしいと切実に願っていたが、空耳ではなかったらしい。座っていてもくらりと眩暈《めまい》がしたのは、仕事終わりで疲れて空腹だったからだけではないだろう。

いつものように滞《とどこお》りなく仕事を済ませ、さあ夕食だと喜んでいたところへ王弟殿下の使いだという神官がやってきた。一月前のモップでこすってしまった件を今さら咎められるのだろうかと、恐ろしさ半分疑問半分でセドリックの執務室を訪れて知らされたのは、とんでもない事実だった。

「アメリア、王弟殿下の前だぞ」

セドリックの座るカウチの後ろに控えていた兄に咎められて、アメリアは慌てて座るようにと促されていた椅子《いす》から立ち上がり、頭を下げた。

「も、申し訳ありません。お見苦しいところを……。あの、それで借金というのは、一体どういったことなのでしょうか。子供の頃から真面目で堅物で融通が利かないと言われている兄です。ちょっと顔が怖くて誤解されるかもしれませんけれども、とてもそんなことになるようには思えません」

「君、お兄さんを貶《けな》したいのか庇《かば》いたいのかわからなくなっているよ」

肩を震わせて笑いを堪えるセドリックに、アメリアは羞恥《しゅうち》のあまり真っ赤になって身を縮めた。驚くとまくしたてるように喋《しゃべ》りまくってしまう癖は、母にも注意されていたからなおさら恥ずかしい。

「まあ、君がお兄さんを信用していることはよくわかったよ。でも、事実は事実だ。――ノエルはこれを壊してしまったんだよ」

セドリックはカウチの前のテーブルに置かれた物を指さした。人の頭ほどの大きさの物に、真珠色の光沢のある布がかけられている。アメリアが入室した時からずっとそこに置かれていて、気になっていた。

「僕の幼馴染《おさななじみ》が作って贈ってくれた物なんだけれども」

アメリアは震え上がった。それは、替えが利かない物ではないか。

セドリックの長い指がやけに緩慢に布を取り払う。その下から現れた物に、アメリアは困惑気味にセドリックを見た。

「あの、これ……なんですか?」

金属で作られた、ずんぐりとした丸い体形と犬に似た頭を持つ見たことのない生き物の人形だった。直立しているが、何となく違和感を覚えるので、本来なら四足歩行なのだろう。ふっくらとした尾は赤茶の縞《しま》模様に塗られていて、小さな丸い耳と手足の先、そしてぱっちりとした目を楕円《だえん》に縁どる模様が同じ色をしている。体色は美味しそうな小麦色で、犬にしては潰れた鼻づらが可愛らしい。だが、見た感じからすると、どこも壊れているように見えない。

「大陸の東や極東の島国に生息する生き物『たぬき』をモチーフにした自動人形だよ。本当だったら踊るんだけれども、ノエルがうっかり落としたら動かなくなってしまったんだ」

「へ、へえ、踊るんですか……すごいですね」

引きつった笑みを浮かべたアメリアは、表情を変えずにいる兄へとそろりと視線を向けた。

たしかに自動人形は高価だ。精巧なものになればなるほど、宝石にも劣らない値がつく。

(でも、こう言ったら失礼だけど、あまり高そうには見えないっていうか、子供のおもちゃにしか見えないっていうか……。ねえ、兄さん、これもしかして騙《だま》されていない!? 本当なの？)

アメリアの必死の目配せに、兄はどんよりとした雰囲気を漂わせて、肯定するようにこくりと頷いた。そのことに打ちのめされながら、アメリアはぐっと拳《こぶし》を握りしめた。

「それで、修理費用はおいくらなのでしょう……？」

「自動人形の名工、バージル・ダウエルを知っているかな？」

「いいえ、不勉強で申し訳ないのですが、知りません」

「彼の作品はなかなか世に出回らなくてね。出ればそれこそ城が一つ買える。それでそのバージルが僕の幼馴染というわけなんだよ」

ひっ、とアメリアは悲鳴を押し殺した。城が一つ買える金額の物を壊したなど、とてもではないが辺境の田舎の貧乏子爵家が一括で払えるわけがない。

「——それで、借金、なんですね……」

がっくりと肩を落として項垂《うなだ》れる。昔から兄は何でもそつなくこなして少し近寄りがたいこともあったが、ここへきてやらかすとは。しかし、幻滅したと言うよりむしろ人間味を感じて、わずかにほっとした。

「そうなんだよ。ノエルが自分の給金から一生かかっても支払うと言うから、オルコット家にはこれまで知らせなかったけれども。一応、妹の君には教えておこうと思ってね。このことは僕とあと数人しか知らないはずだけれども、万が一にも当事者じゃない、別の誰かからこのことを聞かされるのは驚くだろうし、悲しいだろうしね」

困ったように微笑むセドリックに、アメリアは感謝した。『女王陛下の眠り猫』などと呼ばれ自堕落な生活をしていると言うから、どんなとんでもない人物なのだろうと悪い方向に想像を膨らませていたが、ちゃんと人の感情を考慮してくれるいい人のようで安心した。

「ありがとうございます。たしかに他の方から聞いて悩むよりも、こうしてはっきりと伝えていただいた方がよほど気が楽です。——あの、それでご相談なのですけれども」

アメリアは腹の前で組み合わせた両手に力を込め、覚悟を決めてセドリックを見据えた。

「その借金の返済なのですが、わたしのお手当からも引いていただけませんでしょうか」

はっとしたように兄が顔を上げる。

「アメリア、それは——」

「ノエル、話し中だよ。しばらく黙っていてくれないかな」

苦渋に満ちた表情の兄が口を挟みかけたが、セドリックがそれを片手を上げて微笑みながら制する。するとノエルは諦《あきら》めたように口を閉ざした。

「今まで兄には沢山の仕送りをしてもらって助かりました。今度はわたしが兄を支えたい。二人で返せば早く済むと思いますし、王弟殿下もその方がいいのではないでしょうか」

「うん、そうだね。——やっぱり、そう言うと思ったよ」

「え？」

にっこりと悪気を感じさせない笑みを浮かべたセドリックに、アメリアが戸惑っていると彼は機嫌よく先を続けた。

「ノエルから君の性格は聞いていたからね。この話をしたらそう言い出すかな、とは予想していたけれども、本当に提案してきて少し驚いたよ」

まったく驚いていないような口ぶりに、アメリアは呆《あき》れたようにあんぐりと口を開けかけて慌てて閉じた。

(やっぱりこの方、ただのいい人なんかじゃない。食わせ者だわ。それもけっこうな感じの。

――ん？　あれ、靄が)

ふと、セドリックの周りに漂っていた黒い靄が、いつの間にか窓の外の夜闇のように濃くなってきているのに気付いた。

「そこで提案なんだけれども――」

(これ、ちょっとまずいかも……)

「――に異動して」

セドリックの周囲にわだかまっていた靄が彼の周りで渦《うず》を巻き始めた。

(靄じゃなくなりそう。あっ、広がった!?)

「みないかな？　……あの、君、僕の話を聞いている？」

室内を侵食していく様をじっと見ていられなくなったアメリアは、思わず口元を覆った。

「……汚い」

「汚い？　そこまで汚いことを言った覚えはないけれども」

「いいえ、そうじゃないんです。ちょっと床の汚れが気になったので、すみませんがモップを取りに行ってもいいですか!?」

「え、ああ、うん。どうぞ？」

アメリアの迫力に面食らったようなセドリックと、唖然《あぜん》としたような兄を置いてアメリアは執務室を飛び出した。ぞわりと立った鳥肌をさすりながら、モップを目指して走る。

（なにあれ、なんであんなにどんどん集まってくるの!?　早く消さないととんでもないことになりそう……）

モップを手にしてすぐに戻ってくると、セドリックの周りに広がる靄にモップの先を突っ込んだ。その途端にぱっと靄が吹き飛ぶ。それでも部屋の片隅に残った残滓《ざんし》をせっせと拭《ふ》き上げて消していくと、なんとか人心地ついた。

跡形もなく靄が消え去ったのを確認したアメリアは、そこでようやくセドリックを振り返った。少し離れた場所で兄が言葉もなく蒼白《そうはく》になっているのに気付いて、兄さんごめんなさい、と内心で謝る。

「すみません、お待たせしました。終わりましたので、お話の続きをお願いします」

虚をつかれたような表情だったセドリックが、我に返ったようにぐるりと辺りを見回したかと思うと、突如表情を輝かせて立ち上がり、アメリアの両手を力強く握ってきた。

「あっ、あの……？」

「君、さっきの提案を受けてくれるよね？」

振り払うわけにもいかず、かといって靄に気を取られ全く話を聞いていなかったので頷くわけにもいかず、固まったままでいるとセドリックがずいと顔を覗き込んできた。麗しい顔が近づいて、綺麗な人はまつ毛まで綺麗なのね売ったら高そう、などと現実逃避をしたくなる。

「ノエルの返済を手伝いたいそうだから、かまわないよね？　その方が給金も上がる」

「ええと、は、い？」

給金が上がる、という言葉と妙な顔面圧力に負けて返答すると、セドリックは心底嬉しそうに、それでいてどこか安堵したように笑って、手を離してくれた。

「そう、よかった。ノエル、聞いての通りだから、異動手続きを頼むよ。今すぐに」

「え、異動手続きってどういうことですか……？」

「手続きは必要だろう？　君は今、僕の付き人になるのを了承したんだから」

アメリアは瞠目《どうもく》し、自動人形のような動きで兄の方へ顔を向けた。額に手をやった兄が、渋々と一つ頷いて、執務室の外へと出ていく。それを見て、さあっと青ざめた。

（兄さんっ、ちょっと待って。これって、付き人って聞こえはいいけど、借金のかたというか、人質よね!?）

この食わせ者の王弟殿下からどんな扱いをされても文句は言えないということだ。自分はセドリックの言う通り、了承してしまったのだから。聞いていなかったのに、きちんと聞き返さなかった自分が悪い。縋るようにお守りの指輪を服の上から握りしめる。

「あああのっ、どうして侍女ではなくて、付き人なんでしょうか!?」

せめてそれくらいは聞いておきたい。半《なか》ば叫ぶように問いかけると、セドリックは眩しそうにこちらを見つめてきた。なぜかその頬《ほお》がうっすらと上気している。

「付き人ならどこへでも連れていけるだろう」

「はい？」

「――君のモップさばきに惚《ほ》れたんだ」

人生初の告白が、そんなわけのわからない言葉だったなど、世界広しといえどアメリアくらいのものかもしれない。

しかもそれが昼間はほぼ姿を見かけず、稀《まれ》に見かけても昼寝している姿ばかり、だが権力だけは持っているので誰も咎められず、権力の無駄遣いだという悪評が流れている、グラストル国女王の弟・セドリックの口からもれたものだとすれば、いくら田舎の貧乏貴族とたまに陰口を叩《たた》かれている身としても、真に受けるのは無理な話だ。

「わたしの働きを褒《ほ》めていただいて、ありがとうございます！　これも王室御用達《ごようたし》のモップのおかげです。一家に一本欲しくなります」

内心冷や汗をかいているのを悟られないように、にっこりと笑いかける。いくら落ちぶれているとはいえ、淑女としての嗜《たしな》みは忘れてはならないと母から仕込まれた所作はおそらく王宮でも通じるはずだ。できればこのまま見逃《みのが》してほしい。

(やっぱり、あの時助けなければよかった、かも)

セドリックのどことなく興味深そうな色が浮かぶ双眸《そうぼう》を見上げながら、アメリアは必死に笑みを浮かべた。

「そんなに警戒しなくても、僕は無理強いなんかしないよ。だから大丈夫。君はただ側にいればいいだけだから」

必死で話題をそらそうとしたアメリアの言葉を頭から無視して邪気なく笑うセドリックが怖くなり、アメリアは数歩後ろに下がった。

(全然大丈夫な気がしないんですけど!? と、とりあえず、ここは一旦《いったん》逃げよう)

セドリックが距離を詰めるようなことをしなかったので、アメリアはそのまま扉の前まですっと下がった。

「ええと、異動手続きをするのなら、本人もいた方がいいと思うので、失礼します!」

叩きつけるようにそう叫ぶと、アメリアは引き止められる前にと脱兎《だっと》のごとく執務室から逃げ出した。

＊＊＊

静まり返った西棟の廊下に、アメリア一人の足音とお茶や軽食を乗せたワゴンを押す音が響く。

誰一人すれ違うことなく、人の気配もしないその様子ははっきり言って異様だった。

（早朝は人払いをしている、って兄さんが言っていたけど何でなのかしらね）

ふっと浮かぶのは、初めてセドリックと会ったあの廊下での出来事だ。なぜあんなところで倒れていたのか未だに聞きそびれている。

セドリックの付き人へと移動してから一週間が経っていた。

あの夜は自分の行く先がどんなことになるのかと恐れて一睡もできなかったが、蓋《ふた》を開けてみれば貴人の側仕えの侍女の仕事に加えて清掃といったもので、胸を撫《な》で下ろしていた。

（「モップさばきに惚れた」だなんて、からかわれていたのよね）

真に受けるはずがない、とは思っていたがそれに気付けないほどあの時の自分は兄の借金という事実に動揺していたのだろう。実際、セドリックはあれ以来おかしなことは言わなかった。

セドリックの私室の前に辿《たど》り着き、扉を叩くとしばらくして扉が細く開けられた。その隙間から覗いたのはセドリックの緑色の双眸ではなく、こちらを警戒するように見据える黄色味がかった茶色の瞳だった。

「おはようございます。エディオンさん」

「あああアメリアさん、ちょうどいいところに！」

探るような視線が消えたかと思うと大きく扉が開けられる。よろめきつつ飛び出してきた麦穂色の髪の神官服の男は、泣きそうな表情でアメリアが押していたワゴンを引き取ってくれた。

「ありがとうございます。お疲れ様です」

このセドリックの部下だという神官エディオン・バーグを紹介された時、なんとなくセドリックに振り回されているような苦労人の雰囲気がにじみ出ているような気がして、親近感を覚えたことを思い出す。

居間をぐるりと見回したアメリアは、そこにセドリックの姿がないことに気付いて嘆息した。

「殿下はまたお目覚めになられないのですか？」

「はい〜、今朝は私の力では無理でした…。今日は女王陛下もご出席される特別礼拝ですから、絶対に遅刻はできないんです。アメリアさんなら神官長を間違いなく早く起こせるので、よろしくお願いします」

ただでさえ細い目をさらに細め、情けなく眉尻《まゆじり》を下げたエディオンに武器代わりとでもいうようにモップを渡されて、アメリアは意気込むように力を込めた。

セドリックを起こす役目はエディオンなのだが、アメリアが朝のお茶や軽食を持っていく際にセドリックが目を覚ましていたことはほとんどない。礼拝の時間に間に合わなくなる、と半泣きになるエディオンを見兼ねて、アメリアが手助けを申し出てから、セドリックが起きない場合は泣きつかれるようになってしまった。

「大丈夫です。引き受けたからには、しっかりお仕事しますから。お給料を貰う身ですし」

セドリックから提示された給料は、借金の返済額が引かれてもなおかなりの金額で、たしかに以前の仕事の時の金額よりも高くて目を疑った。正直なところ、金額に見合った仕事内容ではないとも思うが、貰えるものは貰っておきたい。

そうっと寝室へと続く扉を開ける。

（おおぅ、今日は沢山溜まってるわ……）

アメリアは目にした光景に眉をひそめた。エディオンが開けたのだろう。カーテンが開けられた窓からは朝日が差し込んでいるはずなのに、セドリックが横たわった寝台の周りだけ暗く沈んでいる。いつもアメリアが目にしているあの『良くないもの』だ。そうと知らずに必死で起こそうとしているエディオンには気の毒だが、ここまでになってしまうと起こすことは難しいだろう。

「気を付けてくださいね～。私は一回首を絞められたことがあるんで。いやぁ、あの時はもう駄目かと思いました。それでも覚えていないそうなんですから、笑っちゃいますよね」

あっけらかんと語られるエディオンの嫌な話を背にしつつ、ここ数日疑っていたことを確信する。

（やっぱり王弟殿下が『女王陛下の眠り猫』とか揶揄されるのって、『良くないもの』のせいよね）

初めて会った時も、兄の借金の話をされた時も、そして今も、沢山の『良くないもの』をくっつけている。これでは日常生活に支障が出て当たり前だ。

（原因も対処もわからないなら、なおさら苦労しているのかも）

ちらりと同情心が芽生える。

だが、アメリアがその対処ができるとはどうしても言いたくはなかった。『良くないもの』が見えると口にしない、とあの幼い日に誓ったのだから。

湧き起こった罪悪感を打ち消すように、唇を引き結ぶ。

(言えないなら言えない分、きっちりと『良くないもの』を消さないと。借金もあることだし)

アメリアが一歩近づくと、靄がふわっと浮き上がり嫌がるようにぶるりと震えた。生き物のような動きをするそれを恐れもせず、モップを片手に寝台に近づく。

「殿下！　王弟殿下、起きてください！」

呼びかけながら顔を覆っているひときわ濃い靄をモップを持っていない手で払い落とすと、靄はあっという間に霧散した。ひとかけらだけ床に残った塊をモップでごしごしと消し去るとようやく室内が明るい光で満たされる。

背後で様子を窺《うかが》っていたエディオンがなぜかそのタイミングで「素晴らしい……っ」と感極まっていたが、それよりもほっと胸を撫で下ろしていると、苦しそうに硬く目を閉ざしていたセドリックがようやく表情を和らげてぼんやりと目を開けた。

「——ああ、おはようアメリア。また君に起こしてもらえるなんて、この上なく幸せだな」

「おはようございます。エディオンさんがお困りになっていますので、起きてください。朝の礼拝の時間が迫っているようです」

　何事もなかったかのように朝の挨拶をすると、セドリックはまだ怠《だる》いのか横たわったままふわりと微笑みを浮かべた。

「――綺麗だな」

　ぽそりとこぼれるように発せられた言葉に一瞬、どきりとする。しかしすぐに盛大な溜息《ためいき》をついた。

「『だからあと少し寝かせてほしい』ですか？　平凡《へいぼん》な顔立ちなのは自覚してますから、お世辞を言って二度寝をしようとしても無駄ですよ。起きてください」

　再び瞼を閉じようとするセドリックの肩を遠慮なく揺する。ふと、一番下の弟も寝起きが悪くて起こすのに手こずったことを思い出し、懐かしくなってしまった。

「わかった。起きるよ」

　億劫《おっくう》そうにもぞもぞと身を起こしたセドリックの頭に、どこからともなく現れた靄がくっついた。ささっとそれを払い、ついでに寝癖のついた髪を撫でつけると、眠たそうにしていたセドリックが肩を揺らした。驚いたようにこちらを見られて、はっと我に返る。

「すみません、失礼いたしました。ちょっと弟を思い出してしまって」

　焦ってモップを両手で抱えるように後ずさると、セドリックにエプロンの端を掴まれた。

「――いや、怒っていないよ。でも、その、もう一度……」

「もう一度?」

きょとんとセドリックを見返すと、彼は何かに耐えかねたようにつまんでいたアメリアのエプロンを離して、気まずそうに視線をそらした。

「ああ、うん、いや、なんでもない。起きるからお茶の用意をしてくれるかな」

ごまかすように苦笑したセドリックに促されて、アメリアが首を傾げながら寝室から出ようとすると、ふいに背後でぼすりと何かを叩く音が聞こえた。振り返ろうとして、戸口にいたエディオンが生温かい視線を注いでいるのに気付いて、ぎょっとする。

「見ないで差し上げてください。気になるでしょうが、神官長にも色々あるので。ええ、そりゃあもう、色々と」

「はあ、そうなんですね」

何やらこみ入った事情があるらしい。これ以上面倒ごとは避けたいアメリアは、大人しく頷いておいた。

＊＊＊

静寂に満たされた聖堂内に、聖句を唱える朗々とした声が響き渡る。

建国当初の英雄の物語が表現された、色鮮やかなステンドグラスから降り注ぐ光を受けた祭《さい》壇《だん》の前では、純白の神官服に身を包んだセドリックが聖典を前に祈りの言葉を捧《ささ》げている。その姿は金の髪も相まって、天の御使いかとも思われるほど清廉だった。

聖堂の柱の陰に控えて、セドリックが執《と》り行う朝の礼拝を眺めていたアメリアは、思わずもれそうになった欠伸《あくび》を噛《か》み殺した。

ゆったりとしていて、耳に心地のいい声はどうしても眠気を誘う。決して信仰心が薄いからではない。決して。

(それにしても、なんとなく騒がしいような気がするんだけど……)

不審そうにセドリックが立つ祭壇の後ろの参列席を眺める。そこには女王ハリエットを始めとする貴族の面々や高位神官等の錚々《そうそう》たる姿があった。どの人も皆、アメリアが見たこともないほど上質な衣装を身に纏《まと》い、けして派手ではないのにもかかわらず、荘厳《そうごん》で華やかな雰囲気が漂っている。

ただ、ハリエットと他数人を除いた多くの人々の表情はどことなく驚愕に満ち、落ち着かない。

「今回は無事に済みそうだな」

傍《かたわ》らに立っていた兄・ノエルが安堵をにじませたように息をついたのに、アメリアは不思議そうに見上げた。

「いつもはそうじゃないの？」

「ああ。ご自分の役目の直前まで目が覚めないわ、祭壇に立ったら立ったで倒れそうになるわ、倒れたらなかなか立ち上がれないわ、時には礼拝の時間までに姿が見つからない。と、散々だ。病欠にでもすればいいが、そうもいかなくてな」

王族関連の祭事は王室付きの神官が執り行うことになっていたはずだが、セドリックのその様子だと、ほとんどは下の神官たちがやっているのだろう。今、セドリックのすぐ側で補佐をしているエディオンのように。

「そ、そうなの……」

疲れ切った兄の横顔に、アメリアは引きつった笑みを浮かべた。

（それで他の方々は王弟殿下がきちんと祭事をこなせていることに驚いているのね。これはますます『良くないもの』を張り切って消さないと、兄さんが倒れるわ）

セドリック自身も大変そうだが、兄を始めとする周囲の人々をも巻き込んでしまっている。負の連鎖が大きくなるのは見ていたくない。

ちくりと胸を刺した痛みにアメリアが胸を押さえると、兄が複雑そうな視線を向けてきた。

「まあ、だがこれからは問題なく業務が行えそうだ。反対していたが……いや、だが……」

「これからは？　反対？」

気になる単語を不審に思い問いかけようとしたが、折よく礼拝が終わったセドリックがこちらに戻ってくるのが見えて、口をつぐむ。

「お疲れさまでした」

「ああ、うん」

にこやかに労《ねぎら》いの言葉をかけたアメリアに、しかしセドリックは真顔でそっけなく頷いただけだった。そうしてさっさと聖堂を出ていってしまう。その後にノエルが静かに続く。

（わたしなにか粗相でもした？）

わけもわからず二人の後についていくと、彼らは聖堂のすぐ隣の控えの間に入っていった。首をひねりつつも控えの間に足を踏み入れたアメリアが扉を閉めた途端、セドリックがなぜか笑い出した。

「ははは、ノエル、あの高慢ちきで嫌味な高官どもの顔を見たか？　顎《あご》が外れそうだったよ」

「あれだけ愉快なものが見られるとは思いもよりませんでした」

アメリアにわからない会話をしながら肩を震わせて笑う二人に、アメリアはますます不審げに眉を寄せた。その表情に気付いたセドリックが慌てたように表情を引き締めた。

「ああ、ごめん。置いてけぼりにしてしまったね。初めて特別礼拝を完璧《かんぺき》にこなせたから、少し舞い上がってしまったんだ」

「初めて、ですか？　あの、神官長の職に就かれてから初めてなんですか？」

「そうだよ。恥ずかしながら、神官長の位に就いてからの三年間で初めてなんだよ」

困ったように笑いながら椅子に腰かけるセドリックを、唖然と見つめる。兄が語った以上に、職務に支障が出ていることを知ってさらに驚いた。

「それでよく――あ、いえ」

それでよく神官長の位から降ろされませんでしたね、と口にしかけて慌てて唇を引き結ぶ。しかしセドリックは上機嫌のまま、アメリアの言葉の先を続けた。

「それでよく神官長の位から引きずり降ろさなかったな、と思うだろう？　降ろせないからね。精々、嫌味を言うくらいだ。そんなことより、アメリア――」

疑問が残るような言い方をしたセドリックが、居住まいを正す。何かを言おうとしかけて、しかし控えの間の外が騒がしくなったことに片眉を上げた。そうしてノエルと顔を見合わせて少しだけ気まずそうに苦笑する。

「来たね」

「やはり、いらっしゃいましたね」

誰が来たのだろう、と思うまでもなく控えの間の扉がノックもなしに開けられた。

「セディ！」

凛《りん》とした声と共に室内に駆け込んできたのは、煌《きら》めくような蜂蜜《はちみつ》色の髪をきっちりと結い上げた小柄な女性だった。つい先ほど参列席の最前列で見かけたばかりのその女性にアメリアは瞠目した。

「女王陛下⁉」

思わず叫んでしまってから、青ざめて口元を手で押さえる。しかし女王ハリエットはアメリアの不作法など耳に入っていないのか、つかつかとセドリックの元に歩み寄ると、その胸倉に容赦なく掴みかかった。

「よくやりましたわ、セドリック！　これでもうお互いに事情を知らない方々からネチネチと嫌味を言われなくなりそうですわね」

「陛下、わかりましたから、ちょっとお放しください。首が絞まる！」

セドリックとよく似た面差《おもざ》しに満面の笑みを浮かべ、ぎりぎりと襟《えり》元を締め上げる勢いで喜びをあらわにする女王の手を、わめきつつもやんわりと引きはがす王弟、という雲の上の方々とは到底思えないやり取りに、アメリアは幻滅をするというより驚きすぎて言葉を失った。

お付きの侍女も連れずに飛び込んできたハリエットが開け放した扉を閉めて戻ってきた兄が、宥《なだ》めるように肩を叩いてくる。

グラストル女王、ハリエット・ガーランドはそれまでは男性の長子のみが爵位や財産を受け継げる制度を執ってきたグラストルにおいては、異例の女性王位継承者だった。

父王が早世したため、ハリエットとは一回りも年が離れたセドリックが成長するまでの場繋《ばつな》ぎの王として王位を継承したのだが、その優秀さは周りを圧倒し、ついにはそれまで悩みの種となっていた隣国との小競り合いまでをも収めてしまった。

セドリックが何らかの理由で王位継承権を放棄してから沸き起こった女王排斥《はいせき》派をも黙らせ、今現在はハリエットの地位はゆるぎないものとなっている。

(もっとこう、見た目通りに厳格な方だと思っていたけど……)

まさかこんなに感情表現豊か——言葉に加えて手が出る性格——だとは思わなかった。

いや、それはセドリックにも言える。気位が高そうな取り澄ました顔立ちだが実際にはかなり気さくだ。借金持ちの兄妹にもきつく当たることもない。ただ、食わせ者だが。

「そちらが例のノエルの妹ですのね」

ふと一通り喜びを発散し終えたハリエットがこちらを振り返る。少女のようにきらきらとした好奇心に満ち溢《あふ》れた目で見られて、アメリアは身を硬直させた。しかしすぐに慌ててスカートをつまんで礼をとる。

「——っアメリアと申します。この度は、不肖《ふしょう》の兄ノエルの不始末、まことに申し訳ございません！」

勢いよく頭を下げると、室内がしんと静まり返った。妙な静けさに疑問を浮かべつつ顔を上げるタイミングを見失っていると、こそこそと小声が聞こえてきた。

「アメリア、顔をお上げなさい。——セドリック、あなたはなにをやらかしましたの」

「僕がすべて悪いような言い方をしないでください」

「あら、違いますの？　てっきりあなたがなにか無理難題《むりなんだい》を押し付けたものとばっかり……」

姉弟のやりとりを聞いているうちに、どうもハリエットは借金云々の話は聞いていないのだと気付いた。兄に目配せをすると、黙っていろとでも言うように小さく首を横に振られる。

（もしかして外聞が悪いから、女王陛下にさえも言わないでいてくれた？　それとも喋ったらなにかまずいことでもあるのかしら。でも、女王陛下は疑っているみたいだし……）

どうしたものかと頭を悩ませていると、ふと視界の端をころころと黒い綿毛のようなものが転がっていくのが見えた。はっとして息を詰める。

『良くないもの』だ。こんなところに出るなんて。

どこからともなく現れた手のひらほどの大きさの黒い綿毛は、まるで意思を持っているかのようにセドリックとハリエットの方へと近づいていく。

どうか通りすぎてしまいますように、とはらはらとしているアメリアの目の前で、しかし黒い綿毛が急激に大きくなり、セドリックの背後から彼を包み込もうとした。

「危ないっ！」

はっとセドリックが振り返る。女王陛下の前だということも忘れて、アメリアは黒い綿毛に向かって飛びかかった。黒い靄を両手で抱えるように押しつぶす。すると靄はぶわっと広がったかと思うと瞬く間に吹き飛んだ。

危機一髪《ききいっぱつ》で間に合ったことにほっとしていると、出し抜けにぱちぱちと拍手が響いた。

「素晴らしく、熱烈な抱擁ですわね」

どこか笑いが混じったようなハリエットの震えた声に、アメリアははっと我に返った。目の前には絹の手触りの白い神官服。自分を受け止めてくれた腕の主をおそるおそる見上げると、予想通り驚いたようにこちらを見下ろすセドリックの顔があった。怒っているのか、その頬がうっすらと赤い。

「も、申し訳ありません！　ちょっと虫が、はい、虫がいたものですから！　もうすごく大きくて、体当たりしないと勝てないと思いましてっ」

勢いあまって抱きついてしまったセドリックから、真っ赤になって飛びのく。そうしてすぐに青くなった。

(どう考えても不自然すぎる！　体当たりしないと勝てない虫って、どんな虫よ……。ああっ、また兄さんが真っ青《さお》になってるし)

セドリックの前でやらかしたのはこれで二度目だ。前回以上に真顔で蒼白になっている兄の顔が怖い。申し訳なさに思わず俯《うつむ》くと、こほん、と咳《せき》払いが響いた。

「そんなに大きな虫なら仕方がありませんわね。ねえ、セドリック」

穏やかなハリエットの声に、アメリアは弾《はじ》かれたように顔を上げた。含み笑いをするハリエットの隣で、未だに受け止めるかのように腕を差し出していたセドリックがぎこちなくこちらを向いたかと思うと、途端に満面の笑みを浮かべた。

「そうですね、虫なら仕方がない。――それにしてもアメリア、君はすごいな。怖くはないのかな」

先ほど控えの間に飛び込んできた姉と同様の輝くような歓喜に満ちた笑みを向けられて、ほっとするというよりぽかんとした。

(明らかに嘘なのに、どうしてこんなに喜ぶの？　もしかしてわたしが『良くないもの』が見えて、消したことがわかっているのかも……)

浮かんだ可能性に、しかしそれをすぐさま打ち消した。自分から口にして墓穴を掘りたくはない。セドリックがどういう反応をするのか、いまいちよくわからないのだから。ここは話を合わせておいた方が無難だろう。

「はい、怖くはないです」

「それは心強いな。駆除してくれてありがとう。君がいてくれれば、僕はなんでもできそうだ」

大げさな言葉を口にしながら嬉しげに手を取られそうになって、アメリアは思わず後ずさってしまった。しかし機嫌を悪くするどころか、セドリックは慌てて手を引っ込めた。

「ごめん、少し喜びすぎた。淑女に失礼だったね。ああ、そうだ。悪いけれどもエディオンを呼んできてくれるかな。ついでに手も洗ってきていいよ。虫を触って気持ちが悪いだろうから」

「ありがとうございます。——では、少し失礼いたします」

退出する許可を与えてくれたセドリックに、わずかに焦ったようにそれでもできるだけ丁寧にお辞儀をすると、そそくさと控えの間を出た。出た途端に扉を背にして大きく息を吐く。

「……怖いのは王弟殿下です、なんて言えないわよね」

アメリアの奇行にも言及せず、あまつさえ優しくする。何かを知っているはずなのに、あえてそこには触れない。セドリックの思惑が見えなくて不気味だ。

だが、どんなに何か裏がありそうでも、借金を返さないことにはどうしようもない。

「目指せ、借金返済！　あと、できるだけ『良くないもの』を消さないと」

決意も新たにぐっと拳を握ったアメリアは、前を通りすぎようとした黒い靄を踏み消すように一歩足を踏み出した。

第二章　贈り物には裏がある？

その日、アメリアは非常に困惑していた。

真っ直《す》ぐに伸びた柄《え》。純白の毛先。触れてもおそらくささくれ一つないのだろうと、見ただけで思わせる滑《なめ》らかな表面。さすがに王室御用達《ごようたし》だと言われるだけの品物は、掃除用具だというのにどこか気品を漂わせる。

「あの、王弟殿下。これはなんでしょう」

セドリックの執務室にずらりと並んだそれらを前に、アメリアは戸惑いを通り越して若干引き気味でにこにこと上機嫌に笑うセドリックを見上げた。

「見ての通りモップだよ」

「モップはわかります。わかりますけれども、こんなに沢山集めてどうするおつもりですか？」

アメリアが決意を新たにしてから数日経《た》っていた。朝の礼拝を終えたセドリックが私室の清掃をする前に執務室に来てほしいと言うのでそちらに向かうと、執務室にはまるで掃除用具入れのようにモップが並んでいたのである。

唖然《あぜん》とすると同時に、やっぱりこの方は何を考えているのかよくわからない、と頭が痛くなった。

「君が前にモップが欲しいと言っていたからね。毎朝迷惑をかけているから、そのお礼。どれでも好きな物を持っていっていいよ。なんなら、全部だってかまわない」

得意げなセドリックに、アメリアは遠慮がちに首を横に振った。

「いいえ、お礼などとんでもありません。これがわたしの仕事ですし、なにより借金返済中の身なのに、いただけません」

自分がいつモップが欲しいなどとセドリックにねだったのかわからなくて、怖いから受け取りたくない。とは言えずに、当たり障《さわ》りのない断り方をすると、セドリックは少しだけ項垂《うなだ》れたように肩を落とした。

「……それもそうだね。王室御用達のモップは一家に一本欲しくなる、と言っていたから、つい喜んでもらえるかと思ったけれども、君の言う通りだ」

「え、それは」

そういえば、セドリックが「モップさばきに惚《ほ》れた」とかわけのわからないことを言ってきた時に、とっさにそんなことを口走った気がする。あれを真に受けたと言うのだろうか。突然モップを贈ろうとしてきた理由は腑《ふ》に落ちたが、それでも何かまだ裏がありそうで、受け取るには勇気がいる。

「君の物になったら、売り払うなりあげるなりしてくれてもよかったけれども、うん、けじめがつかないからね。わかった、廃棄《はいき》処分しておくよ」

「そんなもったいないない！」

物欲ともったいない精神に突き動かされて叫んでしまってから、アメリアは慌てて口を押えた。にこりと笑ったセドリックがここぞとばかりにモップを一本手に取って差し出してくる。

「今のはちょっと、あの」

「引き取り手がいないから、貰《もら》ってくれるかな。もったいないないからね」

「う、はい……。では、お言葉に甘えて三本、いただきます」

こちらの性格を見抜かれて言いくるめられたのが悔しくて、それでも必要数だけを告げると、セドリックは首を傾《かし》げた。

「どうして三本？」

「わたし自身の分と、故郷へ送る分と、友人の分です」

差し出されていたモップを受け取り、あとの二本も開き直って遠慮なく手に取ると、セドリックは難しそうな表情を浮かべた。

「君は物欲がないね」

「そんなことはありません。ですがお給料もいただいていますし、この上お礼まで貰うのは気が引けます。――でも、お気持ちだけは嬉《うれ》しいです。ありがとうございます」

理由はどうあれ、気遣ってくれたことには変わりはない。そこだけは信じておこうと、表情を和《やわ》らげて素直に礼を口にすると、浮かない表情をしていたセドリックがたちまち機嫌を直して嬉しそうに頷《うなず》いた。

そんなことがあった数日後、アメリアは再び困惑していた。

「あの、王弟殿下、これはなんでしょうか？」

数日前と同様の言葉を口にしながら、渡された箱を手にセドリックの執務机を見て首を傾げた。机の上には自分が手にしているのと同じ箱が二つ乗せられている。ふわりと漂う甘い香りは食欲を誘うはずなのに、今は冷や汗しか出ない。

モップを貰った時と同じように、セドリックから清掃作業をする前に執務室に寄ってくれないかな、と言われた時点で、嫌な予感がしていたのだ。

「町で人気の焼菓子店の焼菓子だよ。僕の友人が大量に持ってきたんだけれども、僕は甘い物が苦手だから全部貰ってくれないかな」

セドリックが困ったように触れた焼菓子の箱は小花や小動物が描《か》かれた明らかに女性向けの装飾で、ついこの前入れ物がそのまま小物入れとして使えるのだとグレースが見せてくれた物と同じだった。

(偶然よね。たしかにビスケットが美味《おい》しいとは言ったけれども、王弟殿下が知るわけがない

し。うん、偶然よ、偶然。箱が三つあるけど)

自分の分と、実家の分と、友人の分。そう言ってモップを貰った時と同じ数だが、偶然だと思いたい。

わずかに期待するような目でアメリアを見るセドリックを、少しだけ疑い気味に見つめる。なんとなく懐《なつ》かない猫を懐かせようとしているように思えるのは気のせいだろうか。

「わたしなどがいただいてもいいのでしょうか。女王陛下などへは……」

「陛下も甘い物が苦手なんだ。だから君が貰ってくれるかな。もったいないからね」

にっこりと笑うセドリックに、アメリアは呆《あき》れたように内心で嘆息《たんそく》した。

(確か、女王陛下もお気に入りだって聞いたけれども……)

グレースがそんな話をしていた。清掃の侍女が知っているくらいなのだから、有名な話なのだろう。ともかく、深い理由があるにしろ、ないにしろ、お礼だという名目がない分、まだ気楽に受け取れる。あれこれ考えるのも面倒くさくなってきた。

「そういうことでしたら、ありがたくいただきます」

箱を抱きしめると甘くて香ばしい香りが強くなる。それに思わず笑みを浮かべると、セドリックはあからさまにほっとしたように息をついて、アメリアに残り二つの箱を渡した。

セドリックから立て続けに物を貰った数日後、アメリアはまたもや困惑と向き合っていた。

「なに、これ……本？」

その日の仕事を終えて食堂でちょうど落ち合った友人のグレースと夕食をとっていると、侍女頭からアメリア宛《あ》てだと言われて小包を渡された。差出人はわからなかったが、故郷からの物かもしれないと思い開けると、表題が金で箔《はく》押しされた深い緑色の表紙の本が数冊出てきたのである。真新しいそれは到底、故郷から送られてきた物とは思えない。

ふいに机を挟んだ向かいに座っていたグレースが、まあ、と小さく驚いた声を上げた。

「この本、この前話した小説よ」

「ええと、もう絶版になっているけれども、面白かったとか言っていた本？　たしか自宅に置いてきたから取り寄せて、貸してくれるとか言っていたものよね」

その話をしたのは、一昨日だ。だが、今日のように食堂ではなく、自分の部屋で消灯までの短い時間、おしゃべりを楽しんでいた時に聞いて、そんなに面白いのなら読んでみたいと言った本だ。

「ええ、そうよ。数ある英雄譚《たん》のなかでも恋愛色が強くて、女性向けのお話になっている小説よ。英雄小説は沢山出ているから、あっという間に絶版になったけれども……」

建国の礎《いしずえ》となった英雄騎士の話は、おとぎ話として語られてきたが、今でも小説の題材として人気だ。聖堂のステンドグラスにもその物語の一端が描かれるほどで、様々な挿話《そうわ》が事実なのか創作なのかわからない状態で世に氾濫《はんらん》している。

(グレースがすごく楽しそうに勧めてくれるから読んでみたいって思えたけれども、英雄の話は少し苦手なのよね……)

とある一点を除けば、普通の娯楽《ごらく》として楽しめるのだが。

しげしげと眺めていたグレースがうん、と一つ頷く。

「それにこれは多分通常版の宣伝で出版された特装版よ。豪華な金の装飾と出版数が少ないことが当時話題になっていたもの」

それを聞いたアメリアは慌てて本が包まれていた紙に戻した。食べ物の汚れなどがついたら大変だ。

「なにかの間違いじゃないかしら。たしかに読みたかったけれども、そんなに貴重な本がどうしてわたし宛《あて》に送られて――」

しげしげと積み上げた本を眺めていたアメリアは、ふと一冊の本の間に薄青に染められた紙が挟まれているのに気付いて引き抜いた。

「……やられた」

流麗な筆跡でカードにサインされた名前を見て、思わず苦虫を噛《か》みつぶしたような気分になる。なぜこうまでして物をあげたがるのだろうか。

(『セドリック・ガーランド』って……、わたしが簡単には受け取らないから、送りつけることにしたのね。あれ、でもちょっと待って……わたし王弟殿下と本の話なんかした覚えがない。部屋でグレースと喋《しゃべ》っただけ、よね)

感じていた薄気味悪さが、思いついた可能性にじわじわと怒りへと変換される。

モップの時には言葉の綾《あや》とはいえたしかに自分が口にしたから納得できる。焼菓子の時には偶然だと思い込ませた。だがこの本に関しては偶然では済ませられない。

「どなたからなのか、わかったの?」

声音に好奇心をにじませた友人が期待に満ちた目を向けてきたので、アメリアは首を横に振って、サインされたカードを本の間に戻した。

「わたし宛てじゃなかったわ。丁重に送り主に送り返してくるから、先に部屋に戻っていて」

てきぱきと元のように包み直すと、アメリアはきょとんとする友人に断って、食堂を飛び出した。

故郷の母にはしたない、と叱《しか》られそうなほど足音高く廊下を駆け抜け、目指した先は西棟のセドリックの部屋——ではなく、秘書官が詰める部屋だった。

夜の闇《やみ》がそのまま流れ込んでいるような靄《もや》に包まれた廊下を、怒りに任せて蹴散《けち》らすように歩きながら辿《たど》り着いた扉を、いささか乱暴に叩《たた》く。

「兄さん、ちょっと話があるの」

この時間ならまだ兄は仕事をしているはずだ。いつだったかセドリックに頼まれて夜食を持っていったことがある。

「アメリアか？　そんなに激しく叩くな。手を痛めるぞ」

慌てるでもなく扉を開けてくれた兄・ノエルの顔を見た途端、アメリアは兄を室内に押し戻すようにして胸に抱えていた本の束を突きつけた。

「これ、返しておいて。あと『監視しなくても逃げませんし、贈り物もいりません。借金返済まできっちりお仕事はしますので、ご安心ください』って、伝えておいてほしいの。今は顔を合わせたくないから」

扉を閉めた兄を据わった目で睨《にら》み上げると、ノエルは片眉《まゆ》を上げた。

「監視？　誰《だれ》がだ」

「この本の送り主よ」

包み紙を開き本の間に挟んだカードを引き抜いて、兄の眼前に突き出す。それに目を見張ったノエルにかまわずに、言い募る。

「この本、絶版らしいの。それも特装版。読みたいって言ったのは事実だけど、この方の前で喋った覚えはないわ。本人なのか部下にやらせたのか知らないけど、わざわざわたしの宿舎まで来て盗み聞きするなんて、いくら借金持ちの付き人だからといって非常識にもほどがあると思わない!?」

叫び声がそこその広さのある秘書官室に響き渡る。隣の部屋はセドリックの執務室だが、部屋の主《あるじ》はすでに私室へ戻っているはずだ。

「あの方は何をされているんだ……。いくら感謝しているとはいえ、やりすぎだ」

天井を仰いだ兄が、大きく溜息《ためいき》をつく。そうして押し付けられた本を小脇《わき》に抱え直すと、アメリアから『セドリック・ガーランド』とサインされたカードを取り上げて、びりびりと細かく破いた。

「わかった。妹が迷惑をしているので、やめてくれと諫言《かんげん》しておく。これ以上続けるようなら、田舎《いなか》に帰しますとでも言えば、態度を改めてくれるだろう。改めなかったら、同じように俺《おれ》も王弟殿下を付け回す」

兄が怒った。うっすらと笑みを浮かべていたが、こめかみが痙攣《けいれん》しているのが、その証拠《しょうこ》だ。表情が動かないので顔が怖いと言われていても、普段の兄はそれほど怒りっぽくはない。ただ、怒った時には容赦がないのはよく知っている。

(あ、これはちょっとまずいかも)

兄の怒りを感じ取ったアメリアは、それまで湯気を立てる勢いで怒っていたのが、一転して頭が冷えた。慌てて兄の腕を掴《つか》む。

「あ、あのね、兄さん。それをやったら、兄さんも借金どころじゃ済まないんじゃないかしら。王宮追放になるかもしれないし、ちょっと注意をしてもらえればいいだけだから。大体、わたしを田舎に帰すことがどうして脅《おど》しになるのかわからないんだけど」

「いや、脅しになるんだ。大丈夫だ、何も心配はいらない。うまくやれる自信はある」

「それはそうかもしれないけど、わたしも少し騒ぎすぎたと思うし……。兄さんが王宮で働く姿が見られなくなったら、わたしもお父様たちも悲しいわよ」

このままでは兄が犯罪者になってしまう。すぐさま部屋を出ていこうとする兄の腕を引っ張ると、ノエルはようやく足を止めた。

「――お前がそこまで言うのなら」

しぶしぶと言うように室内に戻りかけた兄が、ふと思いついたように振り返る。

「付け回す代わりに、毎食苦手な食材を出すように料理人に頼むのはどうだ？」

「それもやめてあげて」

真顔で冗談なのか本気なのかわからない子供じみた嫌がらせを提案してくる兄に、アメリアは疲れたように額を押さえて却下《きゃっか》した。

＊＊＊

「──君に嫌な思いをさせてしまったようで悪かった。もう何かを押し付けるようなことはしないよ」

一夜明けて、セドリックの元に向かうのは気が重かったが、仕事だと言い聞かせて私室に向かったアメリアは、すでに目を覚まし、居間のソファに神妙な表情で腰かけていたセドリックからそう謝られて、怪訝《けげん》に思いつつ眉をひそめた。

あの後兄はアメリアを宿舎の入り口まで送り届けてくれたが、その足でセドリックの元に出向いたのだろうか。

「兄から聞きました?」

「いいや、それは霊……。ああ、うんそうだよ。君が怖がって怒っていることを聞いた」

何かを言いかけたセドリックが、頷き直すのを不審に思ったが、深く追求するのはやめた。あまりにも悄然《しょうぜん》としているので、逆にこちらが悪いことをしているような気分になってきたのだ。それでもこれだけは言わなくては。

組み合わせた両手に力を込めて、真っ直ぐにセドリックを見据える。

「贈り物のことより、盗み聞きをされたことの方が嫌だったというのは、理解してくれていますか」

「──うん、理解したよ。あまり深く考えずに行動してしまったことは反省した。でも、これは言い訳になってしまうけれども、君に嫌な思いをさせるつもりはなかったんだ。それだけは信じてほしい」

アメリアの強い視線から目をそらすことなく、セドリックが真摯《しんし》な口調でそう告げてくる。セドリックにとってはただの善意だったのかもしれない。これ以上怒っていても、こちらが気まずい思いをするだけだ。

「もう二度としないでください。お願いします」

深い溜息をついて、アメリアはゆっくりと頭を下げた。


「どうも神官長が大人《おとな》しいなあと思ったら、そんなことがあったんですか」

セドリックの執務机の上を整理しながら苦笑するエディオンに、モップで床を掃除していたアメリアは深々と溜息をついた。セドリックは兄を供にして王都内の孤児院や聖堂の視察に出ていて、今はいない。アメリアについてきてほしそうに見ていたが、半《なか》ば兄に引きずられるようにして出かけていった。

アメリアとセドリックがどうもぎくしゃくとしていることに気付いたエディオンが何かあったのか、と心配そうに尋ねてきたので、盗み聞きの件は伏せて、贈り物攻撃の話をすると、エディオンは仕方がないなとでも言うように笑った。

「笑いごとじゃないです。大変だったんですから」

モップの柄の上に顎《あご》を乗せて、疲れたように首を横に振る。

とんとん、と紙の束を整えていたエディオンがちらりとセドリックの席を思案げに見遣《みや》った。

「神官長はずっと与える側の方ですからねえ。与えられる側の人間の気持ちはあまりよくわかっていないのかもしれません。欲しい物を与えていればそのうち警戒を解いてもらえるだろうと思ったのかもしれませんが、人によっては逆効果ですし」

まさに逆効果だ。特にこれといった意味もなく、あれこれ贈られるのはアメリアにとってはますます警戒を強めるものでしかなかった。

「そうですよね。わたしが増長したらどうするつもりだったんでしょう」

「たとえばどんな風に？」

「焼菓子店を買収してくれ、とか」

ぶはっ、とエディオンが噴き出す。アメリアは悪戯《いたずら》っぽく笑った。

「馬鹿《ばか》にはできませんよ。王都の人気店なら、きっと指折りの一等地だと思いますし、資産価値としては充分実入りがあると思いませんか？」

「……店中の焼菓子を買い占めたい、とかいう可愛《かわい》らしい願望じゃないところは、貴女《あなた》はやっぱりあのノエルの妹さんですねえ」

「それはもう、同じ両親と環境で育っていますから。頭の出来は違いますけれど」

「そこはノエルと比べちゃいけません」

よほどおかしかったのか涙をぬぐったエディオンが、ふと何気ない仕草で一通の封書を懐《ふところ》から取り出した。

「まあでも一応は善意ですし、そこまで気に入られたなら、私はお役御免と言いたいところですけど、ちょっと殿下が暴走気味ですし、これを出すのはもう少し先の方がいいですかねえ」

「お役御免……？」

エディオンが悩まし気に眺める封書が妙に気になり、アメリアは失礼かと思いつつそうっと手元を覗《のぞ》き込んだ。

「『異動願』——え？　は？」

表書きに目を見張って封書とエディオンの顔を交互に見つめる。

「アメリアさんのおかげで神官長は自力で起きられる日も増えてきていますし、私が神官長の代理で礼拝や執務を執《と》り行うことも減ってきましたし、これはもうこの時を逃《のが》す手はないと思いましてねえ」

「ちょ、ちょっと待ってください！」

信じられない思いで、晴れ晴れとした表情のエディオンに詰め寄る。

「まだ付き人になってから一月も経っていないのに、あの王弟殿下のお世話を一人でできるとは思えません！　お願いします。思いとどまってください」

焦って頭を下げると、エディオンは小さく嘆息したかと思うと、うつろな目を向けてきた。その視線にひやりとする。

「すみません。もう限界なんですよお。神官長は悪い方ではありませんし、私を信頼してくださってはいますけれども、業務内容というか職場環境というか、とにかくもう我慢できません」

腹を決めてしまったのかきっぱりと言い放つエディオンの顔色が常日頃《つねひごろ》悪いのはわかっていたが、そこまで追い詰められていたとは思わなかった。

ぐっと押し黙ったアメリアに、エディオンは申し訳なさそうに眉を下げた。

「アメリアさんに押し付けるようで申し訳ありません。私の力がもっと強ければ、そもそもアメリアさんが付き人になる必要はなかったんですけどねえ」

「力が強い？　権力とかそういう話ですか？　そんなのはエディオンさんのせいじゃありません。それより、業務内容を改善してもらえるように王弟殿下にお願いはされたんですか？」

「しても無駄です。神官長でもどうにもならないんですよ。何より私しかできなかったので」

疲れたように薄ら笑いをするエディオンに、アメリアはますますわけがわからなくなった。

(王弟殿下でもどうにもならない業務内容って、どんなものなの)

エディオンの仕事内容をすべて知っているわけではないが、これまで見ている範囲ではそれほど過酷だとは思えない。

(そういえば、グレースが殿下の使用人は入れ替わりが激しいって言っていたけど……)

まさか部下の神官までもがやめたがっているとは思わなかった。

『良くないもの』の影響で体調不良を起こすからなのか、それともセドリック自身に問題があるのか、はたまたエディオンの言う業務内容に関係するのか、よくわからないが、それでも由々《ゆゆ》しき事態だということはわかる。

「ともかく、一度だけでも話を聞いてもらいませんか？　話せば何か変わるかもしれませんし」

「はあ、アメリアさんがそんなに言うのなら、一度話してみましょうか」

無駄だと思いますけどねえ、と諦《あきら》めきったエディオンが封書を懐にしまったのを見届けたアメリアは、ひとまず胸を撫《な》で下ろした。

「ああ、そろそろ神官長がお戻りになられる時間ですねえ」

「もうそんな時間ですか？　それじゃ、ちょっとモップを片付けて、お茶の用意をしてきますね」

棚の上に設置された時計を見遣ったエディオンにそう断ったアメリアだったが、部屋から出た途端に焦ったように廊下を歩き出した。

（エディオンさんの引き継ぎだなんて聞いていないわよ……。王弟殿下がちょっと暴走気味って、エディオンさんもわかっているのに、本当にやめられたらどうしよう）

人手が足りないので、補充要員なのだと勝手に思っていたが、どうもそうでもなさそうだ。

肩を落としつつセドリックの執務室がある二階から一階まで下りてきたアメリアは、廊下の隅にわだかまっていた靄を見つけて、腹立ちと不安を紛らせるように必要以上にごしごしこすりだした。その時、ふと人の視線を感じた。

何気なく窓の外に目をやると、ちょうど中央棟の方へと歩いていく哨戒中《しょうかい》らしい騎士の背中が見えただけで、他《ほか》には誰も見当たらない。

「気のせい?」

首を傾げた時だった。背後から響いてきた靴音に振り返ったアメリアは、濃灰色のフロックコートを着た青年がこちらに近づいてくるのに気付いた。その腕には何やら真珠色の布で包まれた人の頭ほどの大きさの物が抱えられている。

(なんかあれ、どこかで見たような……)

どこで見たのか考えつつ、神官ばかりの西棟では普段あまり見かけない服装の青年に道を譲ろうと、廊下の端によって頭を下げる。おそらくは執政官だろうが、貴人であることには変わりはない。

すれ違いざま、大股《おおまた》に歩いてきた青年貴族の腕に抱えられていた布の端がふわりと翻《ひるがえ》った。アメリアの前髪をかすめたそれに驚いて、少しだけ頭を上げる。布の下から見覚えのありすぎる金属の物体が覗いた。

(……ん?　あれって、たしか王弟殿下の――)

少し間を置き、ようやく思い出したアメリアは、ばっと顔を上げるとモップを抱えて勢いよく走り出した。

セドリックからは誰かがあれを持ち出すとは聞いていない。あれはたとえ壊れていたとしても、城が買えてしまうほど高価なものだ。ということは。

「ちょっと待ちなさい、それをどこに持っていくの。殿下の大事な物を返して！　このたぬき泥棒！」

建物から庭へと出ようとしていた青年貴族に向けて、アメリアは大きくモップを振りかぶった。驚いたように振り返った青年が、空色の瞳《ひとみ》を大きく見張る。そうして、そのまま庭へと続く階段を踏み外して落ちた。

「うわわわっ！」

転んだ拍子に青年の腕からぽーん、と布の塊——たぬきの自動人形が放《ほう》り出されて宙を舞う。

「わわわっ、お城が壊れる！」

とっさにモップを放り出したアメリアは、自動人形目がけて飛び出した。

落ちてきた自動人形は、しかしアメリアの指の先にさえも引っかからず、がしゃり、と絶望的な音とともに無残にも地面に叩きつけられた。さあっと血の気が引いていく。

「うそ……」

「いてて……、お前、どういうつもりだ！」

真っ青《さお》になってあたふたと自動人形の側《そば》に駆け寄ったアメリアは、尻《しり》をさすりつつ立ち上がった青年貴族に怒鳴られて、我に返った。

「どういうつもりって……。あれは王弟殿下が幼馴染《おさななじみ》の方からいただいた大事な物です！　あっ、騎士様、このひと泥棒です！」

騒ぎを聞きつけたのか、集まってきた哨戒中の騎士たちに訴えると、青年貴族は柳眉《りゅうび》を逆立ててアメリアを睨みつけてきた。

「誰が泥棒だ！　俺がその王弟殿下の幼馴染だ。自分の作品を引き取りに来たんだよ」

「…………え？」

思わぬ告白に、ひくり、と頰《ほお》を引きつらせる。怒鳴って一度戻った血の気が再び音を立てて引いて行く気がした。

「幼馴染ってことは……。じ、自動人形の名工、バージル・ダウエル様ですか？」

「自動人形の名工？　俺は人形作りだけに特化しているわけじゃないぞ。偉大な発明家バージル・ダウエル伯爵様と呼べ」

「申し訳ございません！」

不機嫌極まりなく尊大な口調で言い切ったバージルに、アメリアは反射的に勢いよく頭を下げて謝罪した。

（わたしの馬鹿――っ。なんで殴りかかる前にもっと穏便に声をかけなかったのよ……）

ひたすら自責していると、その両肩を集まってきていた騎士に掴まれた。そろりとそちらを振り仰ぐと、にこりと威圧感たっぷりに微笑《ほほえ》まれる。

「ちょっと詰め所でお話を聞きたいのですが」

「――はい……」

アメリアはがっくりと項垂れたまま、大人しく連行された。

＊＊＊

「アメリア！　大丈夫だった？」

アメリアの前を無言で歩いていた兄・ノエルがセドリックの執務室の扉を開けると、部屋の主は慌ててカウチから立ち上がって駆け寄ってきた。

「大変ご迷惑をおかけして申し訳ございません」

セドリックの幼馴染を泥棒呼ばわりした挙句、殴ろうとしてしまったことに合わせる顔がなくて、深々と頭を下げる。

騎士たちに連行されてから事情を詳しく説明したアメリアは、勘違いだったこともあってか厳重に注意されるだけで済んだが、引き取り手が来るまでは、と騎士の詰め所の隅で待たされていた。連絡を受けた兄が姿を見せた時には、何も言われなかった分、身の縮む思いでちょっとだけ涙がにじんだ。

「そんなことはないよ。僕が簡単に持ち出せる場所に自動人形を置いていたのが悪かったんだ。すぐに迎えをやれなくて悪かったね。怖かっただろう」

セドリックの気遣うような声音に、アメリアは静かに首を横に振った。

「いいえ、自分のあまりのそそっかしさを猛省《もうせい》していましたので、怖くはありませんでした。その、ダウエル様にはお怪我《けが》はありませんでしたか」

「あそこでぴんぴんしてたぬきを直しているよ」

苦笑したセドリックが体をずらすと、執務室の床に広げた布の上に座り、こちらを見もせずに機械をいじっているバージルの姿があった。その周囲に散乱している部品の数を見て、それだけ酷《ひど》く損傷させてしまったのだとわかり、なおさら冷や汗が出た。

「この度は、見当違いな疑いをかけてしまいまして、本当に申し訳ございません！」

アメリアはバージルの前に膝《ひざ》をつくと、身を二つに折るような勢いで頭を下げた。勢いよく下げすぎて額を床にぶつけたが、痛いとは言っていられない。

「……――顔を上げろ」

不機嫌そうな低い声に素直に上げていいものかどうか迷っていると、ちっと舌打ちが耳に届いた。

「上げろ、と言っているだろう。怖いんだよ、お前の兄が！」

その言葉に驚いて顔を上げると、若干怯《おび》えたようにこちら——いや、背後を見据えるバージルがいた。振り返らなくてもわかる。相当怖い顔をした兄が仁王立ちしているのだろう。

「あの、それはわたしが不始末を起こしたので、怒っているだけだと思うのですが……」

「いーや、違うね。あれは俺を殺《や》ろうとしている目だ」

「殺ろうとしているのは、ノエルばかりじゃないけれどもね」

ふいに混じったセドリックの言葉に、アメリアはぎょっとして肩を揺らした。肩越しに振り返り、微笑みながら手を差し出してくるセドリックに首を横に振る。

「ええと、あの、大丈夫です。一人で立てます」

かすかに悲しそうに眉をひそめたセドリックに少しだけ罪悪感が湧《わ》いたが、手を借りずに立ち上がると、セドリックがバージルに向けて盛大な溜息をついた。

「そもそもバージル、君が勝手にたぬきを持ち出そうとしたのがいけないんだろう。自業自得《じごうじとく》だよ。鍵《かぎ》がかかっていたはずなのに、また破ったね」

「俺の作品を俺が持ち出して何が悪いんだ」

「僕に贈呈したものなら、もう君のものじゃないよ。君がくれると言い出したんじゃないか」

「そりゃ、面白そうだったからな！　でも、作りかけを渡したのはやっぱり気分が悪かったしさ、だからこっそりと完成させて――」

「……作りかけ？」

しまった、とバージルが口をつぐんだのと、アメリアが聞き捨てならない言葉に、思わずぽろりと呟《つぶや》いたのは、ほぼ同時だった。

「作りかけ、ってどういうことですか？」

「いや、あのな……」

「兄が自動人形を壊してしまったので、借金の返済を手伝っていたんですけれども……。今、作りかけ、って聞こえたのはわたしの空耳ですか？」

バージルの前に再び膝をついて詰め寄る。

伯爵を追及するなど、不敬だというのはわかっていたが、そうせずにはいられなかった。

「そ、それはな……って、セドリックお前が説明しろよ！　お前の体質の問題だろう」

わめくようにセドリックに話を振ったバージルの視線を追って、アメリアはすっと立ち上がった。視線の先には笑顔を強張《こわば》らせたまま微動だにしないセドリックがいる。ちらりと後ろを見ると、額を片手で押さえた兄が、仕方がないとばかりに首を横に振っていた。

「隠していることを洗いざらいお話ししていただけますか？　ええ、何もかも全部」

腹の中でぐるぐると回る怒りの塊《かたまり》を抑えつけ、アメリアは精一杯上品に微笑んでセドリックを真っ直ぐに見返した。

横合いから差し出された濡《ぬ》れた布に、その手の主を辿って顔を上げたアメリアは怪訝そうに首を傾げた。気遣ってくれているのか、それとも申し訳ないと思っているのかどちらの表情なのかわからないエディオンが、静かに口を開く。

「額が赤くなっていますよー」

「……ありがとうございます」

複雑な表情でエディオンから布を受け取ったアメリアは、バージルに謝罪をした際に床にぶつけた額にそっと当てた。痛くはないのだが、周囲から見るとそんなにも赤く見えるのだろうか。

しんと静まり返った執務室内に、カチャカチャとバージルがたぬきの自動人形を直す音だけが響いている。

この場にセドリックに関係する人々が集まっているということは、彼らは皆共犯者なのだろう。椅子《いす》に座らされたアメリアの目の前のカウチには、先ほどの自分と同じように深く頭を下

＊＊＊

げたセドリックがいた。その傍《かたわ》らにはいつもよりもさらに表情が固まっている兄が立って控えている。

王弟殿下に頭を下げさせているのが自分なのだと思うと、とてもではないが居心地が悪くて、アメリアは気まずそうに視線をそらした。

(何度も頭を上げてほしいって頼んでいるのに、上げてくれないし。早く話を聞かせてほしいんだけど……。あ、そうだ)

困り果てていたアメリアだったが、セドリックに向き直ると息を吸った。

「その体勢だとお話が聞き取りにくいので、顔を上げてもらえると嬉しいです」

言い方を変えてみると、セドリックはようやくゆっくりと顔を上げた。アメリアの問い質《ただ》すような真っ直ぐな視線を怯《ひる》みもせずに受け止めたセドリックは、覚悟を決めたように口を開いた。

「まずは君を騙《だま》していて申し訳なかった。——ノエルが自動人形を壊したことも、当然借金の件も嘘《うそ》なんだ。さっきもバージルが言っていた通り、作りかけの自動人形を壊したと偽《いつわ》っていた」

アメリアは黙って先を促すように頷いた。自分が何より聞きたいのは、そんなことをした理由だ。

「君をどうしても側に置きたかった。でも、理由はできれば話したくはなかった。だからこんな卑怯《ひきょう》な手を使ったんだ。枷《かせ》があれば、逃げ出すこともないだろうと簡単に考えて」

「その理由を明かしてはくれないのですか」

責めるように言葉を放つと、セドリックは表情を曇《くも》らせた。

「理由を話せば君は傷つくかもしれない。君が家族にさえも隠してきたことが関係しているから、僕は理由を伝えたくなかったんだ。――それでも、聞きたい？」

アメリアは息を飲んだ。初めて行った特別礼拝の後に浮かんだ可能性が、ゆっくりと浮上してくる。緊張しているのか、それとも別の感情なのか、どくどくと鼓動が速くなってきた。

（家族……、ここにいるってことは、兄さんはその理由を知っているのよ、ね？）

兄がどんな顔をしているのか見られない。

アメリアは落ち着かせるように胸に手を当て、視線をセドリックに向けたまま頷いた。

「お願いします。聞かせてください」

「……わかった」

セドリックはほんの少しだけ視線を落とし、すぐさまアメリアを見据えた。

「――僕は君が他の人には見えないものを見て、それを消せることを知っている」

嫌悪するでもなく、茶化すでもなく、あくまで真摯な表情を崩さずに告げてきたセドリックに、どんな感情を向けていいのかわからなくて、アメリアはぐっと膝の上に乗せた手に力を込めた。

「他の人には見えないもの――それは悪意の塊だ。恨み妬《ねた》みといった負の感情、または無念を抱えて亡くなった人間の、成れの果て。ただの幽霊じゃない。悪霊や瘴気《しょうき》という類《たぐい》のもの。人に悪影響を及ぼすような、そういったものだ。君はそれを消せる。それも一瞬で」

『良くないもの』の正体に名前がついたことに、びくり、と肩を揺らす。それでも不思議と怖くはなかった。むしろ少しだけ気分が軽くなる。

「たしかに、わたしは見えて消せます。それと殿下がどう関係――。もしかして……」

「そう、君と同じように悪霊の姿が見える。それだけじゃない。どうにも僕はそれらに取り憑《つ》かれやすい体質なんだ。それなのに、君のように消せる力はない」

「体質……」

信じがたい物を見るようにセドリックをまじまじと眺める。言われてすぐに、はい、そうですかと納得できるようなことではないのは、身に染みてわかっている。

ちくりと胸を刺す痛みを払いのけるように、アメリアは部屋を見回した。執務室は毎日掃除をしているが、夕方近くになるにつれてまたどこからか『良くないもの』が湧いて出てくる。花瓶《かびん》を置く台の下にぼんやりとした黒い靄を見つけたアメリアは、再びセドリックを見据えた。

「この部屋の中にそれがいるんですけれども、どこにいるのかわかりますか？」

「花瓶の台の下にいる。ただ、そんなに強いものじゃないから、君に恐れをなして僕に近づいてこられない」

即座に答えを言い当てられて、アメリアは息を飲んだ。

これは、セドリックの言っていることは本当だ。自分と同じように見えるのだ。

やはりセドリックが『女王陛下の眠り猫』などと揶揄《やゆ》されているのは、悪霊に憑かれて日常生活がままならなかったせいなのだろう。どんなに大変だったのかと思うと、同情を禁じ得ない。

「それで、悪霊を消せるわたしを側に置きたかったんですね。でも、どうしてこんなに回りくどい方法をとったのですか？　初めから話してくれれば……」

「僕も半信半疑《はんしんはんぎ》だったんだよ。初めて君と会った時、僕は悪霊から逃げていて、逃げきれずに動けなくなっていた。それが君にモップでこすられただけでいなくなったんだから、信じられないのも無理ないだろう」

あの朝セドリックが廊下に倒れていた理由がようやくわかった。身動きが取れなくなるほど強力な悪霊に追いかけられていたという事実に、ぞっとする。

「ノエルは一切見えなかったからね。ノエルに君のことを尋ねてみても、子供の頃《ころ》におかしなものが見えるとは言っていたが、近頃は知られたくないのかそれを隠している、と聞いて、なおさら迷った」

セドリックがちらりと兄に視線を向けたのにつられ、アメリアはようやく兄に目を向けた。いつものようにあまり表情というものが浮かんでいなかったが、それでも気遣うような視線がこちらに向けられているのがわかって、少し安堵《あんど》する。

「もしかしたら、君は見えて消せることで傷ついたことがあるのかもしれない、だから事実を知ったら関わりたくないと拒否されるかもしれない、と思ったんだ」

　痛みをこらえるような表情をするセドリックに、アメリアは自分がどんな表情を浮かべているのかわからなくなった。長年押し込めていた感情が溢《あふ》れてしまいそうになるのをとどめようと、口角を上げる。

「傷つくなんて、そんな。ちょっと悪口を言われたくらいです」

「悪口？」

「実家の屋敷に出入りしていた農家の人に、黒いものがくっついているから取ってあげる、と何度か言っていて、気付いたら一部で『魔女』って呼ばれていました」

　この国で魔女は忌《い》むべき者、不幸を呼び寄せる怪しげな術を使う者、と決まっている。

　セドリックの側に立っていた兄が、ぴくりと顔をしかめた。それでもかまわずに先を続ける。

「他の人には見えないなんて、わたしは知らなかったんです。そのことがどんなに周囲を不安にさせるのかわからなかった。でも『魔女』なんて呼称は両親が悲しむと思って、もう二度と見えることを口に出すことはしないでおこう、と誓ったんです」

　アメリアが口をつぐんだことで、徐々にその呼称は下火になった。それでも一度呼ばれたことで、疑いは残ったままだ。親しくしてくれる友人などできなかった。悲しかったというより、少し寂しかった。

「たしかに、時々蔑《さげす》みの目や言葉を思い出して胸が痛みます。見えることや消せることに対して悩んで一旦《いったん》は祓《はら》うのをやめたこともあります。でも、すぐにまた始めました。不幸になるのがわかっているのに、何もしないままでいる方が嫌でしたから。自己満足だとか、偽善的だとは思いますけど、誰だって苦しいよりいいじゃないですか」

悲しげな表情をしているセドリックに笑みを向ける。

「ですので、王弟殿下が気に病《や》まれることはありません。嘘の借金で繋《つな》ぎ止めようとしなくても、きちんとお仕事します。わたしの変わった力がお役に立つことがはっきりわかるのは嬉しいですし。あ、もちろん、お給料はいただきますけれども」

子供の頃からの悩みの種が役に立つなど、心の底から嬉しい。満面の笑みを浮かべてセドリックを見つめると、彼はわずかに惚《ほう》けたような表情をしたかと思うと、はっとしたように目を見開き、そうして苦笑した。

「――君は強いね」

「魔女とか呼ばれてもへこたれない、可愛げのない女なだけです。それにわたし、湿《しめ》っぽいのは嫌いなので。――あ、ちょっと失礼します」

先ほどから気になっていた花瓶の下の靄が大きくなっているのに気付いたアメリアは、セドリックに断ると、急いで近寄って躊躇《ためら》いもせずに踏みつぶした。

「うわぁ……、やっぱりすごいですねぇ」

「嘘だろ!?」

部屋の片隅で所在なさげに立っていたエディオンが拍手までして称賛し、自動人形を直していたバージルが驚愕《きょうがく》に裏返った声を上げる。兄はやはり見えないのか、反応を示すことはなかったが、アメリアは驚いて慌てて二人を振り返った。

「あの、まさかエディオンさんとダウエル様も見えるんですか?」

「残念ながら、見えるんですよぉ」

「ああ、いつかとっつかまえてやろうと目論《もくろ》んでる」

恐ろしげに身を震わせるエディオンと、好奇心に満ちた少年のような瞳《め》で言い放つバージル、といった正反対の二人に、アメリアは盛大な溜息をついた。

そういえばエディオンは、アメリアがセドリックを起こす前、『良くないもの』をモップで排除したそのタイミングでなぜか歓声を上げていた。あれはこういうことだったのだ。

「知らなかったのは、やっぱりわたしだけ……」

「アメリア!」

不満げにこぼそうとしたアメリアの手を、唐突にセドリックが握りしめてきた。

「やっぱり君は素晴らしいよ。モップさばきにも惚《ほ》れ惚《ぼ》れしたけれど、今のも容赦《ようしゃ》なくて震えが走る。是非とも靴を贈らせてほしい」

うっとりと褒めたたえてくるセドリックに、アメリアが早まったかも、と引きつった笑みを浮かべると、そのセドリックの手を兄が有無を言わせず引きはがした。

「私には見えませんから、妹がどんなに素晴らしい力を持っているのかわかりません。ですが、妹に変態じみた発言は控えていただきたい。あまり酷いようだったら、田舎に帰します」

アメリアを背中に隠すようにセドリックの前に立ちはだかった兄に、おかしな力を持っている妹を邪険にするつもりはないのだとわかって、胸がいっぱいになった。

安堵の溜息をついたアメリアだったが、そこでふと思い出す。

（ああ、田舎に帰すのが王弟殿下の奇行をやめてもらえる脅しになる、っていうのは、わたしがいなくなると『良くないもの』が消せなくなって困るからなのね）

贈り物攻撃をされていた時にはわけがわからなかったが、あれも借金同様にアメリアをここにとどめるためだったのだろう。

そう考えるとそれだけ必死だったことがよくわかる。そうだとすれば、怒ってばかりもいられない。

「兄さん、それを言ったらちょっと卑怯よ。わたしが来るまで他に解決法がなかったんでしょう」

「だが、お前は盗み聞きをされて怒っていただろう」

憮然《ぶぜん》として振り返る兄に、アメリアはうっと言葉に詰まる。かちゃりと音がしてそちらを見

ると、再び自動人形の修理をし始めたバージルが眉を寄せていた。

「はあ？　盗み聞き？　セドリックお前そんなことまでしたのかよ。それはどうかと思うぞ」

「僕はしていないよ。あいつらが勝手に聞いてきて、面白がって僕の耳元に囁《ささや》いていくんだ。それを少し利用させてもらっただけだよ」

バージルの呆れ返った言葉に、渋面《じゅうめん》を浮かべたセドリックが苦々しく口を開いた。

「あいつら、って誰ですか？」

「幽霊だよ」

アメリアは真顔で言い放つセドリックに面食らって、目を瞬いた。

「悪霊までもいかない、恨みも心残りも大したことはない奴《やつ》らがこの城には沢山漂っている。古い城には幽霊がつきものだからね。いて当然だけれども、僕は見えるから退屈しのぎに幽霊たちから度々ちょっかいをかけられて困るんだよ」

「それって……、あの、悪霊とは違う姿なんですか？　わたしには悪霊は黒い靄だったり、黒い綿埃《わたぼこり》だったり、粘り気のある黒い水だったりして、ええと、全体的に黒くて不確かな姿に見えるんですけれども」

「黒い靄や綿埃？　君には悪霊がそんな風に見えるの？　――ああ、なるほど、それで平気なのか……」

納得したように頷いたセドリックが、少しだけ躊躇うように考え込むと、やがてこちらを見据えた。

「窓の外にそのちょっかいをかけてくる暇《ひま》な幽霊の一人がいるんだけど、君には見える?」

言われるままにそちらに目を向けたアメリアは、不思議そうに目を瞬いた。

「え、あれただの飾りじゃないんですか?　ふわふわとした白い房《ふさ》飾りみたいなものがくっついているんですけれども……」

アメリアがじっとそれを凝視していると、房《ふさ》飾りがびくりと生き物のように揺れ、瞬く間に姿を消した。黒い綿埃とほとんど変わらないその動きに、ぽかんと口を開けていたアメリアに、セドリックが落ち着いた声で話し出した。

「君には房飾りに見えるんだね。僕たちにはあれが半透明の老爺《ろうや》の姿に見えるんだよ」

「人間の姿に見えるんですか?」

「うん、そうなんだ。驚かないで聞いてほしいんだけれども、僕たちには悪霊の姿は朽《く》ちた人間の死体に見えるんだ。腐っていたり、血まみれだったり骨だけになっていたりとかね。本当に見るに堪《た》えない姿だよ。その他の幽霊は普通の人間の姿とほとんど変わらない。ただ透《す》けているけれどもね。当然影もできないし」

詳しく語られる悪霊や幽霊の姿に、驚いていたアメリアだったが、ふと気付いて兄を振り返った。

「そうすると、兄さんは殿下が盗み聞きをしていないって知っていたのよね。どうして否定しなかったの？」

「幽霊だろうが殿下だろうが、盗み聞きは盗み聞きだろう。実行された側から見れば、どちらだとしても気分が悪いのは変わらない」

「それは、まあ、そうなんだけれども……」

仕えている主の冤罪《えんざい》を生むことに加担してどうするのだろう、という気にもなってくる。

頰に手を当てて困ったように首を傾げると、セドリックは鷹揚《おうよう》にも苦笑した。

「いいよ、アメリア。前からノエルは僕に手厳しいから。弟妹が絡むと特にね」

「殿下がそうさせているのです。それに、王都の陰惨《いんさん》な人々のやり取りに巻き込まれないように目を光らせているだけです」

しれっとして顔をそらすノエルに、どうもうちの兄がすみませんと謝りたくなる。それでもセドリックは気分を悪くするでもなく、安堵したように再びカウチに腰を落ち着けた。

「でも、アメリアが協力してくれるとなると、本当に助かるよ。王室付きの神官長からはどうしても降りられないからね」

「それ、前にも仰《おっしゃ》っていましたよね。どういうことなのか、お聞きしても大丈夫ですか？」

セドリックの事情を知った今となっては、気になっていたところだ。

「いいよ。むしろこれからのことを考えると、知っておいた方がいい。僕が王位継承権を放棄《ほうき》したことにも関係するから。知らないでいると、どこで巻き込まれるかわからないからね」

セドリックは穏やかに言っていたが、アメリアは身が引き締まる思いがした。そこまで関わらせてもらえるとは思わずに、緊張が増す。

「さっきも言ったと思うけれども、この城は古い。新築することなく修繕や増築を繰り返しているから、それこそ建国当初の場所まで残っている。そういう場所にはね、溜《た》まるんだよ。数百年単位の様々な人々の怨念《おんねん》が。そうすると善良な幽霊でも悪霊になりやすくなる」

善良な幽霊、という言葉に思わず首を傾げる。幽霊に善良かどうかなんてあるのだろうか。セドリックの若干ふざけた物言いに困惑したが、とりあえず続きを聞こうと口を引き結ぶ。

「普通の幽霊が悪霊化するのならまだいい。時間はかかるけれども、エディオンのように聖水と聖句で浄化できる」

「え？　エディオンさんもわたしと同じことができるんですか？」

思わぬ事実に驚いて神官を振り返ると、エディオンはなぜか震え上がった。

「と、とんでもないです！　アメリアさんと同じにしないでください。あんなモップで吹き飛ばしたり、踏みつぶして浄化なんて、できるわけがないじゃないですかぁ。どうやったらあんなにすさまじい浄化力が身につけられるのか、こちらが聞きたいですよ」

「そういえば、たまに面白いくらい飛んでいくのがいたね」

「さっきのも完膚《かんぷ》なきまでに踏みつけていたしな」

悪気もなく感心するように同意するセドリックと、面白がるように口を挟んでくるバージルにアメリアは頭を抱えたくなった。

（もしかしてわたしって、はっきりと見える人から見るととんでもなく乱暴で、気色悪いことをしているんじゃ……）

先ほどは思い至らなかったが、それを見せられる方もかなり嫌だろう。自分にもはっきりと見えていたとしたら、今のように簡単に消しに行こうとは思わなかったかもしれない。

はっきりと見えなくてよかった、と心底思ったが、それはそれで複雑だ。

どんな風に消えていくのか聞いてみたい気もしたが、精神衛生上聞かない方がいい気がする。それで怖くなり消せなくなったとしたら、セドリックにとってかなりの痛手だろう。

「あ、もしかしてエディオンさんがやめたがっているのは、そういうのを見たくないからなんですか？」

「アメリアさんっ、それはここでは……。ひぃっ」

何気なく口にすると、細い目を精一杯見開いて蒼白《そうはく》になったエディオンの側につかつかとノエルが歩みより、遠慮なしにその懐から例の『異動願』を取り出した。

「エディオン殿、またか。認められない、と何度も言っただろう」

「アメリアさんが来たんですから、私がいなくてももう安心じゃないですかぁ」

「アメリアがどんなに強い浄化力を持っていても、やり方は自己流だ。エディオン殿のきちんとした浄化法も教えてもらいたい」

大人《おとな》の男性が泣きそうに顔を歪《ゆが》めるのを見て、気が咎《とが》め始めたアメリアはとりなそうと二人の間に割り込もうとしたが、それよりも先にわざとらしいぐらい盛大な溜息がセドリックからもれた。

「エディオン、君は悪霊が怖い怖いと言いながら、今まで僕の浄化を綺麗《きれい》にやってくれていたじゃないか。君の浄化力にはいつも感謝していたのに、伝わらなかったみたいだ。残念だけど、もう無理強《じ》いはしないよ。——ああ、そうだ。僕のところにいたせいで異動先で何か理不尽なことがあっても、全部僕のせいにしていいからね」

にっこりと微笑みかけられて、エディオンは迷うように視線を彷徨《さまよ》わせたが、やがてしおれたように頭を下げた。

「今後とも、どうぞよろしくお願いいたしますぅ……」

「では、これは廃棄処分しておく」

ノエルが躊躇いもなく異動願を半分に破るのに、アメリアが呆気《あっけ》に取られていると、小さくバージルが笑った。何がおかしいのかと非難じみた目を向けると、バージルは小さく顎をしゃくった。それが気になってそうっとそちらに寄ると、バージルはちらりと面白そうな目を向けた。

「面白いだろ」

「何が面白いんですか。圧力をかけているだけじゃないですか」

「あれ、エディオンが異動願を出す度に毎回やってんだよ。見てみろ、エディオンの奴。引き止めてもらって喜んでいるから。幽霊は苦手だけれども、引き止めてほしい、とかめんどくさい奴だけど、あれで浄化力は神官の中では一番なんだよな」

バージルに言われてよく見てみると、いつも顔色が悪かったエディオンの血色がよくなっている。生き生きとしていて喜んでいるのが一目でよくわかった。常識人だと思い込んでいただけに、ちょっと今後の付き合い方を考えてしまう。

「セドリックの周りは変わり者ばかりだぞ」

「……失礼かもしれませんが、それってご自分も含まれているのがわかって仰ってます？」

自分で偉大なる科学者と呼べ、などと言ってのけてしまえる伯爵など会ったことがない。アメリアの指摘に、しかしバージルは気を悪くすることなくなぜか胸を張った。

「変わり者で何が悪い。偉大なる先駆者は往々《おうおう》にして変わり者だぞ。それにノエルだって弟妹至上主義の変わり者じゃないか」

「兄さんのあれは常識の範囲内です」

「……知らないって怖いな」

半眼になって再び自動人形の修理にいそしみ始めたバージルにどういうことなのか問い質そうとすると、エディオンを説得し終えたセドリックがアメリアを呼んだ。

「話がそれてしまって悪かったね」

「いえ、わたしがよけいな質問をしてしまっただけです」

元の椅子に腰かけて話を聞く体勢に戻ると、セドリックは一つ咳《せき》払いをして続きを語りだした。

「さっきも言ったように、普通の悪霊はまだ浄化できる分だけいい。でも、普通じゃない悪霊がいるんだ。――君は英雄の話を知っている？」

『英雄』という唐突な単語に、虚をつかれるのと同時に、わずかながら複雑な気分が湧き起こる。

「英雄、ですか？　はい、子供の頃に祖母が話してくれました。荒れ野だったこの地に豊かな国を築いた建国の王に仕えていた騎士のことですよね。殿下がわたしにくださろうとした小説も英雄のお話でしたし、一番有名な逸話《いつわ》は竜や魔女と戦ったもので……え、もしかして」

頭をよぎった想像に、アメリアはごくりと喉《のど》を鳴らした。竜や魔女と戦ったという話は創作上のものだろうが、英雄は実在の人物だ。だとすると。

「英雄が悪霊化しているんですか？」

「うん、そう。困ったことにね」

あまり深刻でもなさそうに軽く肯定《こうてい》されてしまい、すぐには飲み込むことができずにいると、セドリックは嘆息した。

「いつの頃からなのかわからないけれども、愛憎渦巻《あいぞううず》く城の悪いモノをすべて取り込んだ英雄が悪霊化したんだ。王家の守護とも言われていた霊だ。とてもじゃないが簡単には浄化なんかできない。封印するのが精一杯だった」

そう言いながらセドリックがノエルを振り返る。するとノエルは心得たように執務机の上から一枚の羊皮紙を持ってきてアメリアとセドリックの間のテーブルに置いた。

茶色く色あせたインクでそこに描かれていたのは、一人の精悍《せいかん》な男性だった。その視線は強い意志を宿していて、ゆるぎなく前方を見据えている。

「英雄だと言われている絵だ。名前はどこにも記載されていない。建国当初の記録も行方《ゆくえ》がわからなくなって久しいし、誰も英雄の名前を知らない」

「え？　英雄の名前って、たしか『ロード』ですよね？」

巷《ちまた》に溢れている物語やおとぎ話の中ではそうなっている。不思議そうにセドリックを見ると、彼は微笑んだまま先を続けた。

「グラストルではただ単に『ロード』と言えば英雄を指すけれども、本来ならそれは敬称だよね？　どうも建国の王に信頼されて、広大な領地を任されていたから、『領主《ロード》』と言えば英雄のことになったようなんだよ。いつの間にかそれが通称になって、本名がわからなくなってしまったんだ。だからなおさら浄化できない」

「名前がわからないと駄目なんですか？」

「これだけの有名な人物になると、名前がその人物そのものになる。名前がわからなければばたとえ浄化したとしても、何度でも蘇《よみがえ》る。有無を言わせず浄化できるのはその辺りの普通の悪霊だ」

あまりの対処のしようのなさに、封印できたことだけでも奇蹟《きせき》なのではないかと思えてくる。アメリアの疑問が顔に出ていたのか、セドリックは一つ頷いた。

「封印できたのは偶然にも英雄の血筋の者が神官になっていたからだ。英雄自身の血が、悪いモノと混ざりに混ざって悪霊化した英雄を正気付かせた。血の縛りはよく効いて、封印はできたけれども、その封印を継続するためには、英雄の血筋の者――すなわち、現王家の誰かが王室付きの神官長として立たなければならなくなった」

現王家は建国の王の血筋と英雄の血筋が一つになったものだ。王朝は何度か変わったが、それでも血は絶えていない。

「それで王弟殿下が神官長に就かれたのですね。でも、どうして王弟殿下なのですか？」

「陛下は、姉は見えないんだよ。今のところ、僕以外の王族で見える者はいない。見えない者が封印の要《かなめ》になるなんて、そんな危ない橋は渡れない。まあ、僕が神官長になるのも、陛下には反対されたけれどもね」

当然だろう。セドリックは本人が言っていたように取り憑かれやすいのだから。弟を思うなら、当然反対する。アメリア自身も姉なのだ。故郷の弟妹たちがもしそんなことを言い出したら、必ず反対する。

苦笑して肩をすくめるセドリックではなく、憂慮しているだろう女王に共感してしまい笑い返せないでいると、彼は肖像《しょうぞう》画を裏返した。そこにかすれた文字で書かれた文章に目を凝《こ》らす。

『我が魂は王と剣に、我が心は彼《か》の方に』

当時騎士の間で流行《はや》っていた忠誠詩だ。アメリアも小説で読んだことがある。その文章は今となっては妙に物悲しい。

「ともかく、英雄を封印し続けるために僕は神官長の位を降りられないんだ。このことは周知されていない。言ったとしても簡単には信じられないだろうし、混乱を招くだけだからね。王位継承権を放棄したのもそういった経緯があるからなんだ」

それは、王家としての責任なのだろう。だが、セドリック自身の希望としては、本当にそれでよかったのだろうか。アメリアは窺《うかが》うようにセドリックを見た。

「――あの、伺っていいことなのかわかりませんけれども……」

「うん、なにか気になることでもあるのかな」

「その……殿下は継承権を放棄したことを後悔はしていませんか？　未《いま》だに王弟殿下を王に擁《よう》しようとする方々がいるのも耳にします」

「していないよ。ただ、姉に押し付ける形になったことには、申し訳なく思っている。でも、僕が王位に就いたとしても陛下よりもうまくやれる自信はないな。頻繁《ひんぱん》に倒れたり、体調不良を引き起こす王より、神官長の方がまだ周囲も困らない」

体調不良の問題はアメリアがいれば解消できるが、セドリック自身がさっぱりとした表情をしているので、それ以上追求することはやめた。本人が現状に満足しているのに、他人が違うと指摘することは見当違いだ。

アメリアは裏返された英雄の肖像画にちらりと視線を向けた。下の方にうっすらと細長い楕《だ》円《えん》が歪んだような大きな染みとその中央が少し破れているのが見て取れて、年月を感じさせる。

「王弟殿下が神官長でいなければならない理由はわかりました。それで、これからわたしは英雄の浄化をするのでしょうか?」

できるかどうかわからないが、やってほしいと言われればやってみよう。少しだけ緊張感をにじませて身を乗り出すと、セドリックはきょとんと目を瞬いた。

「いや、そんなことはしなくていいよ。大体、英雄が封印されている場所もあやふやだからね」

「……すみません、ちょっとよく聞こえませんでした」

「英雄が封印されている場所がわからないから、君が浄化するなんて危険なことはしなくて大丈夫だよ」

「――それ、本当に大丈夫なんですか。場所がわからないのに」

一気に緩んだ緊迫感に、ほっとした半面、それでいいのかと脱力してしまう。

封印場所がわからないなど、それはそれで問題なのではないだろうか。それとも自分が心配しすぎているだけなのか。

「封印が解けたら幽霊たちが騒ぐだろうし、今まで解けたことがないから、場所がわからなくても問題はないよ。むしろ、わからない方がいい。どんなことが起こるかわからないから」

「そういうものなのでしょうか」

「そういうものだよ。今までわからなかったんだ。下手《へた》に場所を暴いて封印に綻《ほころ》びでも出来たら困るからね。何より、いくら君の力が強いからといって浄化できるのかもわからないのに、そんなことをさせて君に何かあったらノエルに殺されそうだ」

それまで穏やかだったセドリックが真顔になった。そのすぐ側に控えていた兄が、ともすれば殴るのでは、と思うような剣呑《けんのん》な雰囲気を纏《まと》っているのに気付く。

(兄さん、王弟殿下に普段どんな態度をとっているのよ)

兄の近くで働くようになってから、セドリックの扱い方が割と雑なのに気付いていたが、恐怖まで抱かせていたとは。

「だから初めに言った通り、君は僕の側にいるだけでいいよ。付き人の期限は僕が神官長の職を辞すまで。君がいれば、こんな幽霊だらけの城でも、日常生活を送ることができる。こんなに身が軽くなって、爽快《そうかい》な気分が続いたことはないんだ。感謝してもし足りない。どうしても何かをしてあげたくなる」

先ほどとは一転して顔を綻ばせたセドリックを前に、アメリアは何を考えているのかわからない、ちょっと気味が悪い方、という失礼極まりない印象を改めた。

(あ、贈り物攻撃は引き止めるための物じゃなくて純粋に感謝の印だったのかも……)

そうだとしたら、裏があるだの怖いだのと思っていたことがやはり後ろめたくなる。ただ、困ることは困るのだ。

「あの、本当にもう贈り物はしないでくださいね。先ほども言いましたけれども、力を隠すことなくお役に立てるのなら、それだけでわたしは十分嬉しいですから」

「大丈夫だよ、わかっているから」

念を押すようにセドリックに訴えたが、本当にわかっているのか頬を緩めたままのセドリックに不安になってくる。そこへ、ノエルが何かの書面を持ってきてこちらに見せた。

「それではこの前、殿下が購入予約されていた聖水を入れる瓶は解約するということで、よろしいですね。女性が好みそうな可愛らしい意匠でしたから、アメリア用だと判断したのですが」

「ええと、あれは……」

「王弟殿下、わたしも必要ありませんから、解約してもらえますよね」

アメリアが胡乱《うろん》げな視線を向けると、セドリックは焦ったように首を横に振った。

「せめてそれだけでも贈らせてほしい。いくら君が浄化できるとはいえ、危険なことには変わりない。お守りだよ」

「お守りならありますから、大丈夫です」

アメリアは首にかけていた鎖《くさり》を引っ張り出した。黄玉とも黄水晶とも違う鮮やかな黄色の宝石がついた指輪を通したペンダントを見せると、セドリックはなぜか眉をひそめた。

「君には故郷に誰にも言えない恋人がいるの？」

「え？　いませんよ」

「指輪をすることができないのは、親も認められない相手だからじゃないのかな」

ぱちくりと目を数度瞬き、セドリックの言葉をようやく理解すると、怒りで真っ赤になった。

「なんですか、それ！　わたしが身持ちの悪いふしだらな娘だって言うんですか」

「そうじゃないよ。純粋な娘を甘い言葉で騙すような悪い男に引っかかっていたとしたら、大変だろう」

そのセドリック曰《いわ》く、純粋な娘を別の理由で騙した男性が目の前にいるのですが、と言いかけて慌てて口をつぐむ。

「魔女の噂《うわさ》があった娘を恋人にしてくれるような、奇特な人が故郷にいるわけがありません」

「それはもったいない。君はこんなにも綺麗なのに」

「……っ。——アリガトウございます」

諦めきったように引きつった笑顔を浮かべて、片言で礼を口にする。

アメリアよりも綺麗な顔で褒《ほ》められても、気が引ける。セドリックはやたらと綺麗だと言うが、幽霊ばかり見ているからアメリア程度でもそう思えるだけなのではないだろうか。

「それより、この指輪は祖母から貰った物なんです。王都に行くのならば、これをお守りがわりに持っていくようにと言われて」

大切そうに手の中に握り込むと、ほんのりと暖かいような気がした。それが家族のぬくもりのように思えて、ほっとする。

「――それなら、仕方がない。聖水瓶は解約するよ」

ようやくしぶしぶと引き下がってくれたセドリックに、胸を撫で下ろす。しかしそこへバージルの笑い声が響いた。

「油断するなよ。そいつ、しつこいからな」

王弟殿下の幼馴染の断言に、げんなりしてじっとりとした目をセドリックに向ける。

「アメリア、そんなに疑い深そうな目を向けないでくれ。バージル、アメリアが警戒するようなことを言わないでくれないか」

恨めしそうなセドリックにもどこ吹く風で、バージルがおかしそうに肩を揺らす。

「ノエルもエディオンも側近に引っ張り込むまで粘ってたじゃないか」

「退路を断つ、とはまさにあのことだったな」

「引っ張り込むと言うより、底なし沼に引きずり込まれたような気がしましたねぇ」

薄ら笑いをするノエルと、遠い目をしたエディオンに、セドリックが渋面を浮かべた。

「こっちはどうやったらできるだけ平穏無事に過ごせるか必死だったんだ。それに、ちゃんとした交渉だっただろう。アメリア、信じてくれるよね？」

セドリックが眉尻《まゆじり》を下げて悲しげにこちらを見てくる。先ほどは何を考えているのかわからない、薄気味悪い方、という印象は消えたと思ったが、食わせ者の印象だけはどうしても覆《くつがえ》せなかった。

何があったのかは、とりあえずは深く聞かないでおこうと、アメリアは貼《は》り付けた笑顔でこっくりと頷いた。

＊＊＊

もう遅いから、とアメリアがノエルに付き添われて宿舎へと戻っていくと、室内に残ったセドリックは座っていたカウチにだらしなく身を沈め、疲れたように深々と溜息をついた。

「絶対にあれはまだ全部は信じていないないな」

「自業自得だろ」

自動人形の修理を続けていたバージルがしれっと返してくるのに苛立《いらだ》って、そちらを軽く睨む。エディオンも明日の礼拝の準備があるので、と退室していない。

「そんなことはわかっているさ。アメリアが簡単には信じてくれない状況を作ったのはすべて僕の責任だよ」

「ちょっと危ない奴認定もされているみたいだしな」

にやにやと笑うバージルに、セドリックは苦虫を噛みつぶしたように顔をしかめた。

「それでも、アメリアを逃がすわけにはいかないんだよ。ここのところ、どうも強い悪霊が増えてきているからね。英雄の封印が緩んでいる可能性もあるし、彼女を今手放したとしたら取り殺されてもおかしくはない。僕がいなくなったとしたら、英雄が暴走を始める可能性もある」

そうなったらこの城は狂乱状態だ。人が正気でいられる場所ではなくなってしまう。

頭の痛い案件を振り払うように天井を見上げる。今日は天井に霊が漂っていない。アメリアのおかげで視界は晴れやかで、体も軽い。これを失うのは無理な話だ。

「それにしても、僕が言うのもあれだけれども、オルコット家の兄妹は揃《そろ》っておかしいよね。アメリアはどんな強力な悪霊でも一瞬で消すし、ノエルは見えないのに瘴気の漂う室内にいてもけろりとしてる。普通の人間ならあれだけの瘴気や悪霊が側にいたら、体調を崩すよ」

おそらくこの部屋いっぱいの悪霊に囲まれていたとしても、あの鉄面皮《てつめんぴ》を変化させることもなく淡々と仕事をこなすのだろう。

「ノエルは、なあ……。謎《なぞ》の鈍感力を発揮しているからな」

同様に幽霊が見える分、アメリアたちの異様さがわかってしまうのだろうバージルがから笑いをする。セドリックもまた苦笑した。

「まあ、でも今のこの状況は僕たちにとってかなりの好条件だからね。――今のうちに英雄の封印場所を見つけ出せればいいけれども」

バージルが片付け始めたのか、工具の音がし始める。

「それだったら、本当は英雄の封印場所を探しているのを伝えて、協力させたほうがよかったんじゃないか？　なんで言わなかったんだよ」

「なんとなくあの少女の性格からすると、そんなことを言ったらなおさら張り切って探そうとするよ。それで引っ掻《か》き回されて封印が完全に解けでもしたら、逆に迷惑だ。協力してもらう意味がなくなる。アメリア本人にも言ったけれども、浄化できるとも限らないからね」

たとえ危うい均衡《きんこう》だとしても、現状維持のまま対処法を探したいのだ。

ふいにバージルがそれに同意しかねるのか、小さく唸《うな》る。

「それでも惚れた相手に知らせないままでいるのも、危険だとは思うけどな」

「誰が誰に惚れているって？」

思わぬ言葉を聞いたことに驚いて、身をぐるりと反転させると、片付ける手を止めて同じように目を丸くするバージルと目が合った。

「は？　お前、アメリアに惚れているんじゃないのか？　側にいてほしいとか、どうしても何かしてあげたくなる、とか。指輪を見た時には心配していたじゃないか。これ、全部自覚がなかったのか？」

嘘だろ、と驚愕に満ちた呟きが耳に入り、セドリックは苦笑した。

「それはアメリアを味方につけたいから必死になっていただけだよ。アメリアの浄化力には惚れ惚れするし、側にいるとあの気分の悪くなるような悪霊の姿を見ることもないから、居心地がいい。大切にしたくなるのは当然だろう。――でも、そこに恋愛感情はないよ」

「……お前な、普通の感覚だったらあれは好意があるとか、そういう風に勘違いされてもおかしくないぞ」

呆れたような、窘《たしな》めるようなバージルの声に、セドリックは咎められたような気がして、眉をひそめた。

「僕には英雄を鎮《しず》める義務があるんだ。僕と同じような人柱が増えれば、この城は安泰《あんたい》だ。彼女もグラストルの国民である以上は国に貢献《こうけん》してもらう。勘違いしているなら、それはそれで色々と都合がいい」

言いきってしまってから、胸をチクリと刺した痛みに、ふと我に返る。

(なにをむきになっているんだ、僕は)

バージルに咎められたからといって、それを言ったらただの人でなしではないか。さすがに気が咎めてぐっと拳《こぶし》を握る。

それとほぼ同時に、自分の浄化力が必要だと知った時の、アメリアの嬉しそうな満面の笑みが脳裏に浮かんで、さらに狼狽《うろた》えた。

慌てて頭に浮かんだその顔を打ち消して、バージルを見据える。

「――だから、バージル。今度はうっかり口を滑らせないように、十分に気を付けてね」

戸惑ったままの気持ちを押し隠し、にっこりと若干の怒りを込めて言い放つと、幼馴染は不満そうにばりばりと頭をかいて「わかったよ」と不貞腐《ふてくさ》れたようにそっぽを向いた。

第三章　視線の先に秘めるもの

宿舎から外に出るなり、どこからか聞こえてきた鳥の声に、アメリアは故郷を思い出して懐かしむように目を細めた。

一緒に宿舎から出てきたグレースが、同じように白み始めた空を見上げて、微笑《ほほえ》んだ。

「アメリア、それじゃ、今日も頑張ろうね。終わるのはいつもの時間？」

「予定通りならそうよ。夕食で会えたら、次のお休みの計画を相談しようか」

休日は申請制だ。一月の内に最低でも三日は取れる。それはセドリックの付き人に部署替えとなってからも同様で、気兼ねなく申請していいと言われている。互いの休みを一日合わせるのはそう難しくはない。

グレースがにこにこと笑いながら頷《うなず》く。

「そうね。私、王宮に上がってから誰《だれ》かと一緒に街に出かけるのは初めてなの。すごく楽しみだわ」

「――うん、わたしも楽しみよ」

にこやかに笑い、グレースと手を振り合って別れたアメリアは、そのままセドリックの私室がある西棟の方へと歩き出した。

（グレースは王都に来てからは初めて、とか言っていたけれども、わたしは友人と出かけること自体が初めてなのよね。うわぁ、何を着ていこう。ってほとんど持っていないけれども。あ、でもこの前お母様が編んでくれたレースのリボンを……）

すれ違う騎士や侍女等に、いつも以上に張り切って挨拶《あいさつ》をしながら、浮かれた気分で西棟を目指す。

「おはようございます。お疲れ様です」

「――おはよう」

よく顔を見る黒髪の真面目《まじめ》そうな騎士が今日は珍しく挨拶を交わしてくれたことに、なおさら明るい気分になった。それを体現するように、早朝の清々《すがすが》しい空気の中で朝露《あさつゆ》に濡《ぬ》れた庭園の草花が煌《きら》めいているはずだが、しかしながらアメリアの目には相も変わらずどんよりと灰色がかった靄《もや》が映っている。

（あれが悪意の塊《かたまり》や、悪霊だとは思わなかったけど……。でもやっぱり怖くはないのよね）

今思えば、あんなに人に悪影響を与えているのになぜその考えに至らなかったのかと思う。セドリックから様々な事実を聞かされたあの日、すぐに全部を信じるには頭が整理できていなかったが、数日経《た》った今ではすでに落ち着いていた。結局は自分のやることは変わらないのだから、なにも怖がる必要はない。

庭園を抜けて、バージルを泥棒だと勘違いして体当たりした階段の辺りに差しかかった時だった。

ふと強い視線を感じて立ち止まる。

「……?」

周囲を見回しても誰もいない。強《し》いて言えば、遠くで作業をしている庭師が数人いるが、忙しそうでこちらに注目している暇《ひま》などないだろう。

(前もこんなことがあった気がするけれども……。たしか、殿下が視察に行っていた日よね?ダウエル様がたぬきを持ち出す前に)

あの時には気のせいで済ませた。今回も気のせいか、もしくは偶然だろう。

お守りの指輪を服の上からぐっと握りしめて、再度、庭を見渡す。誰もこちらを見ていないことを確かめると、アメリアは足早に建物の中へと入った。

廊下に溜《た》まっていた靄が、初めて西棟に入った時と同様にさあっと波が引くように消える。

(今日も好調、好調)

上機嫌で歩を進めようとすると、背後からぱちぱちと手を叩《たた》く音がした。

「今朝も素晴らしい浄化力ですねえ。空気が清々しいです。おはようございます、アメリアさん」

「おはようございます、エディオンさん」

振り返って、細い目をなおさら細めて挨拶をしてくるエディオンに挨拶を返す。

引き止めてもらうために常に異動願を懐《ふところ》に忍ばせているという変わり者だが、それに加えて悪霊が絡まなければ一応はまともなので、そこのところは心配していない。

「今日はご指導、よろしくお願いします」

かしこまって頭を下げる。今日は朝の礼拝が終わった後、エディオンから浄化の講義を受けることになっている。

「本当に私が教えてもいいのでしょうかねえ。万が一、あの素晴らしい浄化力が失われでもしたら、人類にとって多大な損失ですよ。参考程度にさらっと聞いてくださいね」

すべてのことがばれてから、どうにもエディオンは大げさにアメリアを褒《ほ》めるようになったのだが、どう反応したらいいのか困る。

アメリアは先ほどの視線のことなどすっかり忘れ、エディオンが念を押すように言うのに苦笑しつつ頷いた。

「はい、わかりました。——あ、殿下のお食事とお茶を貰《もら》ってきますので、エディオンさんは先に殿下のところに行っていてもらえますか」

エディオンが「今朝は悪霊に押しつぶされていないといいんですけどねえ……」などとぼやきながら階段を上がっていってしまうと、アメリアは足早に西棟の隅にある厨房《ちゅうぼう》に向かった。

「おはようございます！　王弟殿下のお食事をいただきに来ました」

忙しそうな料理人にはきはきと声をかけて、いつものようにすでに用意されていたワゴンに寄って、お湯をポットに貰う。そうしてワゴンを押して出ようとすると、ちょうど使用人用の食堂から出てきた神官とぶつかりそうになって慌てて足を止めた。

「すみませんっ、大丈夫ですか？」

「大丈夫だ。こちらも突然出てきてすまなかった。――ん？　ああ、あなたは神官長様の付き人か」

「はい、そうです。……あの、わたしの顔に何かついていますか？」

若干憐《あわ》れみが混じったようにしげしげと眺められて、アメリアは不審そうに神官を見返した。

「いや……、神官長様のお世話は大変だろう。以前から体調を崩す者が多い」

「ええと、前の部署よりは少しだけ慌ただしいことは慌ただしいですけれども」

以前の東棟の清掃だけをしていればよかった仕事内容に比べれば、セドリックの予定に合わせないといけない分、時間に追われるが、それでも大変だと思ったことはない。

「むしろ、もうちょっとお仕事しないと、お給料に見合わないような気も……」

セドリックにそれを言ってみると、危険手当分だと言われたので、貰ってしまっているが、気分的には落ち着かない。

そこで神官に奇妙な物を見るかのような目を向けられているのに気付いて、アメリアは慌てて口をつぐんだ。

「すみません、失礼します。殿下のご起床時間になるので……」

愛想笑いを浮かべて、ワゴンを押しながらそそくさとその場を立ち去る。

（体調を崩すって、多分悪霊とか瘴気《しょうき》とかの『良くないもの』のせいよね。そこでわたしがそんなそぶりも見せなかったら、それは不審にも思われるわ。――あっ、もしかしてさっきの視線ってそういったものなのかも）

ともかくセドリックは英雄や悪霊のことを公言していないのだ。少し気を付けなければ。アメリアは気を引き締めるようにワゴンを押す手に力を込めた。

しかしアメリアが視線のことは解決したと思っていた、次の日。この日も視線を感じた。その後数日間、朝にアメリアが友人と別れた後に視線を感じることが続き、気のせいではないのではと思い始めたある日のこと。

いつものように宿舎を出たアメリアは、しばらくしてからやはり感じる視線に、歩みを止めた。こう毎日続くとすると、これはもう不審に思われているような視線ではない。

「何か御用ですか？」

振り返らずに、周囲によく聞こえるように声を張り上げる。少し待ってからなんの反応もないことに、アメリアは唐突に走り出した。

中央棟の前の庭を突っ切り、常緑樹の側《そば》を通って、ドロリとした水が流れる噴水を横目に見ながら、セドリックの私室がある西棟の聖堂の側まで来た時だった。

建物に入るふりをして、さっと振り返る。

「……え?」

目の端をかすめたのは黒い靄。慌てたように逃げていく人の形をした靄に驚いて一瞬躊躇《ためら》い、しかしアメリアはすぐに後を追いかけた。

「待ちなさい!」

庭木の間を素早くすり抜けるようにして逃げる人形《ひとがた》の靄に、叫ぶ。しかしながらあっという間にその姿を見失ってしまった。

「……っ、なんなの……?」

あれはいったいなんだったのだろう。人なのか、もしくはセドリックの言う悪霊の類《たぐい》なのか。息を切らしてしばらくその場に立ち尽くしていたアメリアだったが、聖堂の鐘が時を告げる音に我に返り、慌てて西棟へと引き返した。

＊＊＊

聖堂の色鮮やかなステンドグラスから、夕方の淡い光が降り注いで床に華やかな模様をつけていた。青や赤や緑といった様々な色合いはまるで虹《にじ》のようで、見ているだけで夢心地になる。

アメリアは掃除をする手を止めて、ぐるりと聖堂内を見回した。

祭壇《さいだん》の後ろには人の手を広げたほどの大きな時計台が設置され、その針はまるで剣の刃《やいば》のように輝いていた。

「やっぱり綺麗《きれい》ですよね」

感嘆の溜息《ためいき》をつくと、少し離れた場所で参列席の間を覗《のぞ》き込んでいたエディオンが顔を上げた。

今日もセドリックは兄とともに街中の聖堂へと視察に出ている。体質のせいもあって、あまり視察に出られていなかったそうなので、ここぞとばかりに回っているらしい。

今朝人形の靄を見たことはまだ報告はしていない。セドリックも忙しいのだ。今のところ害はないのだから、夜、下がる時にでも伝えればいいだろう。

「腐っても王城の聖堂ですからねえ。内装もその時代を代表する職人が作成していますから」

少しばかり失礼な言い回しをするエディオンの言葉を同意するでもなく聞きながら、アメリアは聖堂内を飾るステンドグラスを眺めた。

ステンドグラスの題材は建国の物語の場面が描かれている。その一枚、英雄が魔女を倒す場面を見遣《みや》り、アメリアはわずかに顔をしかめた。

(これだけはやっぱり少し苦手かも……)

故郷で一時魔女と呼ばれていたこともあってか、この場面はやはり苦手だ。顔をそむけて手にしたモップで床を磨く。参列席の間を覗き込み、水差しに入った聖水を振りまいていたエディオンが腰を伸ばした。

「こちらはもういないようですねえ。そちらはどうですか?」

「祭壇の後ろを磨いたら、それで終わります」

聖堂の掃除という名目の浄化は数日に一度、エディオンと手分けをしてやっている。聖堂だというのにもかかわらず、どういうわけか靄が溜まるらしい。

祭壇の後ろに回ったアメリアは、床を磨こうとしてふと祭壇に彫《ほ》られていた装飾に目を留めた。

「これって、動物の足跡……?」

石造りの祭壇はいつ頃《ごろ》のものなのか、すでに角が丸くなっている箇所もあったが、その動物の足跡だけはくっきりと見て取れる。

(これ、少し傷ついているけれども……)

細長い足裏に四つの丸い指先を持つ動物を、故郷で見たことがある。

「ああ、それウサギの足跡ですよ。大分古い迷信ですが、ウサギの足は魔除《まよ》けなんです。同時に祝福も運んでくるお守りです」

エディオンの言葉を聞きながら、アメリアはその印に触れた。

「お守りですか? そういえば、祖母から聞いたような気が……。あらゆる魔から逃《のが》れられるとか言っていたと思います」

「——でも、それ、本当は異端なんだよね」

ふいに混じったセドリックの声に、アメリアは慌てて祭壇の後ろから顔を出した。ちょうど参列席の間を歩いてくる王弟の姿を認めて、背筋を伸ばす。

「殿下、お帰——」

出迎えの挨拶をしようとして、じっとセドリックの足元を見つめる。

(なんか歩き方がおかしいような……)

足元に真っ黒い靄がまとわりついているのに気付き、アメリアは焦ったように駆け寄った。

「アメリア？　どうした——」

「足！　殿下、足を出してください！」

怪訝《けげん》そうなセドリックにかまわず、アメリアはセドリックの足元にしゃがみ込んだ。

「ちょっ、ちょっと待って。それ、あんまり触らない方が……。そんなに強い霊じゃないから、聖水で大丈夫だよ」

「うわぁあああっ、駄目です！　アメリアさん手で触らないでください。それ生首ですからっ、もう、血みどろでどろっどろのすごいのですから！」

セドリックが思わず後ずさる。悲鳴を上げたエディオンが背後から駆けてくる。

「そんなことを言っている場合じゃないですよ。大丈夫です。わたしにはただの黒い靄にしか見えませんから」

「そんなことって……。いいから、アメリア、やめ――っ」

セドリックがアメリアの手をなおも避けようとするが、躊躇いもせずに靄を払い落とした。瞬く間に靄が消える。その残滓《ざんし》がひとかけらも残っていないのを確かめると、アメリアはほっと息をついて顔を上げた。

「ちゃんと消せたと思いますから、これでもう足が重くはないと思います」

清々しい気分で安堵《あんど》の笑みを浮かべると、唖然《あぜん》としていたセドリックが真顔になってようやく側に辿《たど》り着いたエディオンから聖水入りの水差しを奪った。

「手を出して。いくら君の浄化力が強くても、清めておいた方がいい」

戸惑ったまま手をすぐには出せないでいると、セドリックは深々と溜息をついて床に膝《ひざ》をついた。そうかと思うと、アメリアのモップを持っていない方の手を取って聖水を振りかける。

「どうしてモップを持っているのにそれで消さなかったのかな。エディオンにも正式な浄化の仕方を教わっただろう」

「ええと、人にくっついている靄は基本的に手で払い落とすようにしていますので、つい」

「つい、じゃないよ。助かることは助かるけれども、踏みつぶすならまだしもあまり触らない方がいいよ。なるべくならモップで消してほしい」

若干怒ったような物言いにアメリアははっと我に返った。

「あ、すみません！　気持ちが悪かったですよね。これだから、魔女とか言われるんですよね。今度からは気を付けます」

慌ててセドリックに握られたままの手を引き抜いて、頭を下げる。

自分には靄にしか見えないが、セドリックたちからすれば気味の悪い光景なのだということをすっかり忘れていた。せっかく見える人々に出会ったのだ。嫌われたくはないが、とっさに手が出てしまうのはどうしたものだろう。

アメリアが悩んでいるとセドリックはますます顔をしかめた。

「そうじゃなくて、君は憑《つ》かれるのが怖くはないのかな」

「はい。憑かれたことがないので、怖くはありませんけれども……。あ、憑かれたと言えば、ご報告しないといけないことがあるんです」

セドリックがなぜか不機嫌そうだが、それよりも思い出したことに気を取られてアメリアは身を乗り出した。

「今朝、おかしなものを見たんです。というか、ここのところずっと見られていたと言うか……」

「見られていた？　どんなものだった——。ああ、ここじゃあれだから執務室に戻ろう」

怪訝そうな表情を浮かべたセドリックに自然と手を取られる。引っ張られるままに立ち上がったアメリアは、そのまま歩き出そうとするセドリックに焦った。

「あのっ、殿下。手を離してください。誰かに見られたら、殿下の外聞《がいぶん》が悪くなります」

付き人の手を引いていたなど、ただでさえ悪い評判にさらに上乗せされる。しかしセドリックは苦笑した。

「ああ、ごめん。つい気が逸《はや》って。嫌だったよね」

「嫌ではありませんから、大丈夫です。でも、外聞もそうですけれども、さっき仰《おっしゃ》っていたようにもし『良くないもの』が残っていて、殿下に何かあったらわたしも嫌ですし」

自分のせいでセドリックに『良くないもの』がついたとすれば、いたたまれないどころでは済まない。

「……――アメリア」

セドリックが少しだけ驚いたように目を見開き、こちらを凝視してきた。

(え、なに？　なんでそんなにじっと見ているの？　いつもながらに腹立たしいほど麗《うるわ》しいお顔ですね！　って、どうでもいいいけど、手を離して……)

名前を呼んだきり、何も言わないセドリックを挑戦的に見上げると、彼は一つ瞬いてにっこりと笑った。ばくばくと鼓動が速くなったのは、ときめいたからではなく、何を言われるのかと恐ろしくなったからだ。多分。

「な、なんですか……？」

「なんでもないよ。行こうか」

どういうわけか上機嫌になったセドリックが、あっさりと手を離してくれる。そのままさっさと先を歩いていってしまうのにわけがわからず首を傾《かし》げていると、足元に転がっていた水差しを拾ったエディオンが盛大な溜息をついた。

「殿下のなんでもないは、なんでもないではない場合がほとんどですからねえ」

「怖いことを言わないでください……」

セドリックの謎《なぞ》の行動に戦慄《せんりつ》したアメリアは、身を守るようにお守りとモップを握りしめてセドリックの後について聖堂を出た。

＊＊＊

「つまり、話をまとめると毎朝誰かの視線を感じていて、今朝は人形の靄を見たから追いかけた、ということなんだね」

アメリアが今朝の出来事をかいつまんで話し終えると、セドリックは気の毒そうに表情を歪《ゆが》めた。しかしアメリアは半眼になってうんざりしたように溜息をついた。

「そうなんです。人にしろ幽霊にしろ、何か言いたかったら、さっさと出てきて言ったらいいじゃないですか！　それをこそこそと隠れて見ているだけなんて、監視されているみたいで落ち着きません」

　鼻息も荒く身を乗り出すように言い募ると、セドリックは拍子抜けした顔で数度目を瞬き、エディオンと顔を見合わせたかと思うと、苦笑いをした。

「君、本当に強いというか、鈍感というか……」

「鈍感って、なんですか。たしかに繊細《せんさい》とは程遠いかもしれませんけれども」

　馬鹿《ばか》にされた気がして、セドリックを不機嫌そうに睨《にら》みつけると、彼は宥《なだ》めるようにアメリアが用意した紅茶のポットから新しいカップに紅茶を注いでアメリアの前に差し出した。

「鈍感なのは悪いことばかりじゃないよ。気にしすぎるのもよくないしね。でもね、一人で追いかけたのはどうかと思うよ」

　礼を言ってカップを受け取ったアメリアは、憤然《ふんぜん》と口を開いた。

「どうしてですか？　ただ見ているだけにしては恨みつらみの視線というか、粘着的でした。あんな全身を覆《おお》うような靄なんて、普通の人間ではないかもしれませんし、うまくいけばさっきみたいに消してしまおうかと……。殿下に憑きでもしたら大変ですから」

　アメリアはそこまで言い切ると、ようやく一息ついて芳醇《ほうじゅん》な香りを漂わせる紅茶を一口飲んだ。

　頭痛をこらえるかのような表情をしていたセドリックが、ふいに思案しつつ口を開く。

「そうだね。考えられるとすれば、僕のように悪霊に憑かれた人間の可能性の方が高い。僕も君が来る前まではよく乗っ取られて、気付いたら屋上、とかざらにあったからね」

「そういえば、初めて会った時にも廊下で悪霊に押しつぶされていましたよね」

やはりセドリックに限らず、そういうことが起きる可能性があるのだ。納得したように思い出していると、セドリックが深く溜息をついた。

「さっきも言ったけれども、君は悪霊を引きはがす正規の方法をエディオンから教えてもらったよね」

「はい。聖水を振りまいた後に聖句を唱えるだけの簡単なものでしたけれども……」

聖句の組み合わせによっては効果も威力も変わってくるらしいが、複雑なものは覚えなくていいと言われている。

「僕が目覚めなかった場合は振りまくどころじゃない。バケツ一杯分の聖水を頭からかけられて、目が覚めるまで延々と聖句を唱えられていたんだ。それでも気が付かなかったら、聖水を追加されていたな。真冬は死ぬかと思ったよ。エディオンはよくやってくれていたけどね」

「自分の無力さをつくづく感じましたねえ……」

セドリックがげんなりとエディオンを見遣った。そのエディオンは、しょんぼりと肩を落としている。

「……ご、拷問《ごうもん》みたいですね」

ただでさえ幽霊に取り憑かれてきついのに、なおさら苦しそうだ。こちらの方が息苦しくなって、そろそろと喉《のど》に手をやる。

「そう、拷問だよ。だから君がモップでこすってくれた時、こんなにも優しい浄化の仕方があるのかと思って、初めは信じられなかった、と言ったよね。何度も言うけれども、今は本当に毎日感謝している。——だから君を困らせるのなら、人間でも悪霊でも容赦《ようしゃ》しない」

うっそりと笑みを浮かべるセドリックに、ぞわり、と悪寒が走り、アメリアは思わず肩を震わせた。綺麗な顔をしているだけに凄絶《せいぜつ》な笑みが少し怖い。大ごとになりそうな気配に、急にまだ見ぬ犯人が可哀想《かわいそう》になってきた。

「だからね。本当はそこまでして浄化するものなのに、君は一人で追いかけた。それに、たしかに君の浄化力は強いだろうけれども、それは生者には効かないよ。君は騎士の訓練を受けているわけでもない、いたって普通の貴族令嬢だろう。もしそれが生きている人間で、暴力を振るわれたら、敵《かな》わないことがわかっている？」

座ったままのセドリックから見据えられているのに、見下ろされているような気がする。セドリックに責められて、アメリアは戸惑ったように目を瞬いた。

「それはわかっていますけれども、そこまで大ごとでは……」

「大ごとになってからじゃ遅いんだよ？　君だって、何かおかしいと思うから僕に報告してきたんだろう。君に助けてもらっている身だからあまり大口は叩けないけれども、そんなに僕は頼りないのかな」

「そ、そんなことは……」

一転して叱《しか》られた子供のように上目遣いでしょんぼりと見上げてくるセドリックに、思わず口ごもる。同時に両親に叱られた時の弟の顔も浮かび、振り切るように頭を振った。

こういう風に下手《したて》に出られるとどうにも弱い。

「捕まえて正体を暴くのはいいんですけれども、本当にただ見られているだけなので、罪にはしないでくださいね⁉　わたしは理由を聞いて、やめてもらえればそれでいいんですから」

感謝していると言うアメリアのために解決してあげたい、と思うのはありがたいが、それで誰かが必要以上に罰を受けるかもしれないのは、非常にいたたまれない。

「うん、わかっているよ。大丈夫、大丈夫。それじゃ、その監視者の正体を暴いて捕縛する策を考えようか」

本当にわかっているのか、セドリックが実に楽しそうな表情を浮かべるのを疑わし気に見遣り、アメリアは気を取り直すように背筋を伸ばした。

「あの、でもお仕事がまだ残っているのでは……」

「今日の分はあらかた終わっているから大丈夫だよ。そうだ、エディオン、ノエルも呼んできてくれないかな」

兄の名が出た途端、アメリアは必死に首を横に振った。

「いいえ、いいです。あまり心配をかけさせたくありませんし、知られたら、ちょっと危ない気がするので」

セドリックがくすりと笑って、お茶に口をつけた。

「ああ、まあ、犯人を見つけ出して、吊《つ》るす、とでも言い出しそうだよね。僕だったら吊るしたあとに、事によっては炙《あぶ》るけど」

「炙らなくていいです。逆に傷害事件に発展させないでください。罪にはしないでください、と言ったばかりじゃないですか」

口元が笑っているのに、目が笑っていないセドリックに相談する人を間違えたかも、と早くも後悔し始めたが、話してしまったのだから仕方がない。

「冗談だよ。さすがに表立って非難されるような報復はしないから。――それで」

気を取り直すようにセドリックがすっと真剣みを帯びた表情を浮かべた。

「宿舎を出て、西棟に来るまでの間に視線を感じる。となるとその時庭にいる者――庭師か哨《しょう》戒《かい》中の騎士、もしくは早朝に出仕してきた執政官ということだよね。外部の者が入り込むのは難しいしね。あとは神官か。何か心当たりはあるかな」

問いかけに、首をひねって考えを巡らす。そもそも王宮に勤めるようになってから、まだ二月も経っていない。騎士や庭師の知り合いなどいるわけがない。

「いいえ、ありません。神官様方はエディオンさん以外はご挨拶を交わすくらいです。恨まれるようなことをした覚えはありません」

挨拶以外と言えば、セドリックの世話は大変だろう、と労《いたわ》りの言葉を貰ったくらいだ。

首を横に振って否定すると、セドリックは考えを巡らせるように顎《あご》に手を当てて目を細めた。

「君に心当たりがないとなると、僕が関係している場合もあるかな……」

「もしかして、王位継承権がらみのことですか？　それとも英雄の件の関係でしょうか？」

セドリックが抱える主だった問題を挙げてみると、彼は苦笑した。

「いや、僕個人への恨みの可能性だよ。これでも王弟だからね。色々と煩《わずら》わしいことがあるんだ。英雄の方は封印が解けたわけじゃないから、あまり気にしなくてもいいかな」

セドリックが同意を求めるようにエディオンを見遣る。部下が細い目をさらに細めて、何も言わずにしっかりと頷いたのを見て、アメリアは少しだけ違和感を覚えた。

(なんかあまりにも英雄の霊を深刻なことにしたがらないような……、気にしすぎ？)

普通に考えれば浄化できない悪霊など、どうにかして消してしまいたいだろうに。

しかしアメリアが抱いた不信感は次のセドリックの言葉によって、記憶の彼方《かなた》へと葬《ほうむ》り去られた。

「そうだ、君、しばらくここで寝泊まりすればいいよ」

「――はい？」

何だか理解できない言葉がセドリックの口からもれた気がする。その側であんぐりと口を開けていたエディオンが、すぐに我に返って血相を変えた。

「神官長！　それ、ノエルが怒り狂いますよ⁉　婚約者でさえもない、嫁入り前のお嬢さんに自分の部屋に泊まれだなんて、不謹慎《ふきんしん》にもほどがあります」

エディオンの発言に、アメリアはようやく自分が言われていることをしっかりと把握《はあく》した。その途端に、かっと頬《ほお》が熱くなる。

「な、なにを提案していらっしゃるんですか！　あらぬ噂《うわさ》が立ったら、殿下の評判だってなおさら下がりますし、故郷の両親に顔向けができません。お嫁に行けなくなります」

二人がかりで責められたセドリックは、あまりの勢いに面食らって目を丸くしていたが、すぐに腹を抱えて笑い出した。

「あははっ、いや、何も僕の部屋に泊まれ、とはひとことも言っていないよ。西棟の客室に寝泊まりするのはどうかな、と思ったんだけれども」

「えっ……。それは……。す、すみません。早とちりしました」

アメリアはさらに羞恥《しゅうち》で顔を真っ赤にしながら、頭を下げた。エディオンに言われなくても、セドリックの部屋だと思い込んだ自分に反省していると、エディオンが肩をすくめて嘆息《たんそく》した。

「驚かせないでくださいよー。肝《きも》が冷えました。アメリアさんを無理矢理手に入れようとしているのかと思って、この方もう駄目だと思ってしまいました」

「うん、アメリアは許すけれども、エディオンは僕に謝ろうか」

「ひえぇっ、申し訳ございませんであります！」

すごむように見上げられたエディオンが情けない声を上げ、おかしな敬語で謝罪を述べるのを尻目《しりめ》に、セドリックが咳《せき》払いをした。

「それでどうする？　西棟までの道のりで視線を感じるなら、通らなければいい。それでも見られていると感じるなら、おそらくは神官かその関係者だ。犯人はだいぶしぼられる。一週間くらいで結論が出ると思うよ。どうしてもノエルに知られたくないというのなら、そこは適当にごまかしておいてあげるから」

アメリアは思案気に視線を落とした。たしかにセドリックの言うことにも一理ある。自分だけの問題で済まないのなら、提案に従った方がいいのだろう。

「――ご迷惑をおかけしますが、よろしくお願いします」

これで何事もなく収まってくれることを願いながら、アメリアは頭を下げた。

＊＊＊

アメリアの一日の仕事の流れは大体決まっている。

朝、簡単に執務室の掃除をしてからセドリックの起床を手伝い、その後は礼拝への付き添い。セドリックが事務仕事をしている間に私室の掃除。午後は昼食の給仕をし、視察の予定や女王の要請があればそちらに赴《おもむ》くセドリックに付き従うこともあれば、もしくは残って聖堂の清掃をしたり、目についた靄すなわち悪霊を浄化する。夕方からは執務を終えたセドリックに靄がついていないか確認し、私室に戻るのを見届けた後、執務室をくまなく掃除してその日の仕事を終える。セドリックに誰かからの晩餐《ばんさん》の誘いがあれば、これには大抵給仕兼、悪霊を寄せ付けないようにと付き添う。

忙しい日もあれば、昼寝ができてしまいそうなほど暇な日もあった。

「お腹空《なかす》いた……」

アメリアは空腹を訴える腹を押さえて、がっくりと項垂《うなだ》れた。誰もいない夜の西棟の廊下に自分の腹の音が情けなく響き渡る。

(殿下やその他《ほか》の方々の前で鳴らなかったのだけは、よかったかも)

セドリックは今日、内務省の会議を兼ねた晩餐会に呼ばれていたのだ。当然給仕をするアメリアは付き添ったのだが、思ったよりも長引いてしまった。

「グレースがいれば、食事を取っておいてもらえたのに……」

知り合いのいない西棟の食堂ではきっと無理だろう。

セドリックの提案で西棟の客室に滞在し始めてから三日。あれから視線を感じることもなく、平穏無事に過ごせていたが、神官ばかりの西棟では、アメリアは異質すぎて浮いていた。打ち解けようにも、打ち解け方がわからない。むしろ周囲からは遠巻きに観察されている。それこそ珍獣のように。

期待をせずにふらふらと西棟の使用人用の食堂へと向かったアメリアだったが、そこで片付けをほぼ終えていた料理人にすげなく首を横に振られてしまった。

「今日はもう終わり、ですか……」

がくり、とカウンターに突っ伏すと、あまりにもアメリアが憐れだったのか料理長が自分で作って後片付けまでするのならかまわない、と厨房を貸してくれた。

「パンがあるから、これだけでもいいけれども……」

正直それだけだと足りない。

火の始末に責任があるから、と食堂の方で待っている料理長に申し訳なく思いながら、使っていいと言われた野菜の中から、トマトと玉ねぎを選び取って手際よくスープを作る。いくつかある香辛料のなかからバジルを選んで放《ほう》り込み、仕上げに塩を振って味見をすると、慌てて小鍋《こなべ》と器《うつわ》、そうしてパンを盆に載せ、食堂の方へと出た。

「ありがとうございます。器は明日の朝、返しに来て洗いますので」

いつまでもここにいたら、料理長も帰れないだろう。頭を下げて礼を言うと、無口な料理長は意外なものを見たかのようにぎこちなく頷いてくれた。

城に行儀見習いに来る娘は大半が料理などしたこともない貴族の娘だ。しかも王弟の付き人ともなれば、それなりに高い身分の娘だと思われていただろう。

(神官長の付き人になれるような家柄の娘が普通は食事なんか作れないわよね。驚かれるのも仕方がないわ)

実家が貧乏でよかった。お母様、料理を仕込んでくれてありがとうございます。と心の中で礼を伝えつつ借りている客室へと向かう。

上機嫌で客室がある廊下に出たアメリアは、ちょうど自分の部屋の前に立つ人影を見つけて、戦慄した。慌てて角に隠れて、顔を引きつらせる。

(嘘《うそ》でしょ……。朝だけじゃなかったの？　何も今来なくてもいいじゃない。ご飯が終わってからでも……。あ、気付かれないうちに食べちゃえばいいかも)

そうっと床に盆を置いて、パンを頬張《ほおば》った時だった。

「——君、何しているの？」

「……っ⁉」

唐突に響いた声に、アメリアはぐっとパンを喉に詰まらせた。慌ててスープを小鍋から器によそって口に含むが熱かった。口から出すわけにもいかず、折よく湿《しめ》ったパンごとどうにかこうにか飲み込むと、ぜいぜいと息をつく。その背中を声の主が遠慮がちにさすってくれた。

「だ、大丈夫？　そもそもどうしてこんなところで食事をしているのかな」

苦しさのあまり涙目になった顔をそちらに向けると、呆《あき》れたような若干引いているようなセドリックの顔がそこにあった。

「部屋の前に人影が見えたので、襲われる前に腹ごしらえをしておこうと思いまして……」

「腹ごしらえ……。——あはは っ、ご、ごめん。その人影は僕だよ」

「わ、笑わないでください。浄化する前に空腹で倒れたら元も子もないじゃないですか！　それにもし引っ繰り返したり、置いたまま浄化しに行ってネズミにでも食べられたらもったいないですし。——そもそもどうしてこんなところにお一人でいるんですか」

恨みがましい視線を向けると、セドリックはアメリアの手元の盆を興味深げに眺めた。

「ちょっと明日の礼拝のことで伝え忘れたことがあったから、それを伝えに来たんだけれども、それは……」

「あまりじろじろ見ないでください。お城の料理人の方には敵わないのはわかっていますから」

注がれる視線にいたたまれずに、アメリアが盆を隠すように体の後ろにやると、セドリックは片眉《まゆ》を上げた。

「もしかして君が作ったの？」

「スープはそうですけれども……。そんなことより、どうして殿下が伝言役などをしているんですか？　もう夜更《よふ》けですから、危ないと思います」

夜になればそれだけ憑かれやすくなるのは、本人が一番よくわかっているはずなのに。エディオンや兄はどうして一人で行かせたのだろう。疑問よりも腹が立ってくる。

「君が浄化してくれるから、西棟はどこもかしこも綺麗なんだよ。僕一人でも問題なく出歩けるくらいにね。だから気分がいいから、散歩がてらここまで来たんだ」

晴れやかな顔で語るセドリックに、これまでこんな些細《ささい》なことさえもできなかったというのがわかって、胸が詰まった。

「――お役に立てているようで、嬉《うれ》しいです」

自分のおかしな力が誰かのためになるなど、こんな風に目に見えて実感する日が来るとは思わなかった。陰ながらこっそりと助けて、自己満足に浸《ひた》っているだけで十分だとは思っていたが、このままでは欲張りになってしまう。

褒められたことが嬉しくて、はにかむように笑う。――と、なぜかセドリックの手が頬に触れてきた。

「あ、あの殿下？　わたしの顔に野菜くずでもついていました？」

「え？　あれ？　ああ、ごめん」

どこかぼんやりとした表情だったセドリックが、慌てたように手を引っ込める。

すぐにセドリックの手が触れた頬をこすって手のひらを確認したが、何もついていない。なんだったのかわからずに首を傾げていると、同じく不可解そうに自分の手のひらを見つめていたセドリックがこちらを向いた。

「君――、……ああ、いやなんでもない。――それより、それ、美味《おい》しそうだね」

セドリックが興味深げな視線を向けてきたので、若干焦り出す。

（社交辞令《しゃこうじれい》よね？　素人《しろうと》の料理なんかを殿下が食べてみたいとか思うわけがないし……。でも、なんかすごく期待に満ちた目をしているんだけど）

珍しく好奇心に満ちた純粋な目が、どことなく故郷の弟妹たちを思い起こさせてしまう。いつも食事時にはつまみ食いに来て雛鳥《ひなどり》のように口を開けたものだ。懐かしくなって思わず微笑む。

「……食べてみますか？」

「いいの？」

「味の保証はしませんけれども。――はい、どうぞ」

なんの気もなしにスープをスプーンですくって差し出すと、セドリックは軽く驚いたように一瞬だけ動きを止めた。そのことに、はっと気づく。

「すみません！　うっかり弟と――」

慌てて手を引っ込めようとして、逆に掴《つか》まれる。かと思うと、セドリックはアメリアの手を握ったままスープがこぼれる前に口に運んだ。

「うん、美味しいよ」

赤い舌先が唇を舐《な》めるのが、妙になまめかしい。満足そうに笑ったセドリックに、アメリアは顔を真っ赤《か》にしたまま固まった。

（い、いま、ちょっと、なにが起こったの？　わたしが食べさせたの？　いや、途中までそうだったけど、そうだったんだけど！　何やってるの、この方――っ）

羞恥と驚きで眩暈《めまい》がしてきそうなほどぐるぐると回る思考に、身動きできないでいると、ふいにセドリックが手を離した。

「もう一口だけ、くれないかな？」

からかっているのかそれともただ単に気に入っただけなのか、再び口を開けたセドリックに、アメリアはとっさにスプーンをセドリックに押し付けた。

「子供じゃないんですから、ご自分で食べ――っ!?」

怒鳴りかけて、アメリアはセドリックの後ろの天井から黒く粘ついたような液体が滴《したた》り落ちてきたことに息を飲んだ。それとほぼ同時に、セドリックが振り返る。

「下がってください殿下！」

「――っ、せっかくのいい気分が台無しだ」

セドリックの前に出ようとするよりも早く、彼が素早く懐から出した聖水瓶《びん》の中身を黒い液体に浴びせた。襲いかかりそうになっていた液体が、一瞬だけ散り、すぐさま小山のような形の靄になる。それを消しにかかろうとして、アメリアは食事を乗せた盆を引っ繰り返してしまった。

「わたしのご飯が！」

さあっと青くなる。せっかく食べかけたところだったのに。がくりと肩を落としそうになって、セドリックに軽く肩を叩かれる。

「あとで僕が用意するように言ってあげるから、気を落とさないで。——それより君が庭で見たっていうモノはあれじゃないよね？」

慌てるでもなく、妙に冷静なセドリックにアメリアは戸惑いつつも首を横に振った。

「……はい、違うと思います」

「そうだろうね。あれ、逃げ出すような可愛《かわい》らしい感じじゃないからね」

「殿下にはどんなものに見えているんですか？」

「聞かない方が——」

「貴婦人の首なし腐乱死体ぃいいいいいいっ⁉」

アメリアの背後から、男性の金切り声が響き渡った。振り返らなくても誰だがわかる。セドリックが憤然と振り返った。

「人がせっかく詳しく言わないでおこうとしている最中に、エディオン、君は……」

「え？　え？　私なにかまずいことを言いましたか？　あっ、アメリアさんモップです！」

やっぱりセドリックは一人きりではなかったのだ。どこからかエディオンが護衛していたのだろう。

怒りの形相を浮かべたセドリックに怯《おび》えつつも、蒼白《そうはく》な顔をしたエディオンがアメリアに向けて持っていたモップを差し出してくる。とっさに受け取ったアメリアは、そのまま黒い液体に向けてモップを振りかざした。

「恨みはないけれども、跡形もなく消してあげるから！」

空腹で苛立《いらだ》っていた勢いそのままに、モップで床に広がりつつある靄をはがし落としにかかる。

「うわあ……。いつもより豪快に飛んでいきますねえ。あれ、ひとたまりもないですよ」

「食べ物の恨みは恐ろしいって、本当だったんだね。あ、消えた」

「お二方とも、聞こえていますから！」

エディオンとセドリックの暢気《のんき》な声に反論し、すべて消してしまってから鼻息も荒くセドリックを振り返った。息を吸って文句を言おうとして、その背後に白っぽい綿のようなものがあるのに気付いた。

「アメリア？」

（さっきの奴《やつ》の消し残し？）

アメリアの視線を受けて飛び上がるように綿が逃げていく。セドリックの呼びかけにも答えずに、アメリアはモップを握る手に力を込めて追いかけようとした。その肩をセドリックに掴まれて阻《はば》まれる。

「どこに行くのかな」

「離してください！　白い綿が逃げていくんです」

「白い綿？　僕には若い男の姿に見えたよ。腐ってもいないし、あれは善良な幽霊だから大丈夫だよ。そのうち自然消滅するから。良くないものは感じ取れないだろう？」

「でも、悪霊化する可能性があるのなら、消さないと。見逃《みのが》したら、いつ悪霊化して人に影響を及ぼすかわからないじゃないですか。そんなことになったら、わたしがここにいる意味がありません」

アメリアは苛立ったようにセドリックを睨み上げた。

（お給料だって貰う資格もないし、それに……）

アメリアの必死な様子に、セドリックは少し面食らっていたようだったが、しかしながら徐々に苦いものをこらえるかのように眉根を寄せ始めた。

「ちょっとおいで、アメリア。君、お腹が空いているからそんなに苛立っているんだよ。エディオン、悪いけれどもそこの食器を片付けて、何か軽食を秘書室に持ってきてくれないかな」

「わたしのご飯よりも、幽霊の方が先です！」

憑かれやすいのに、何を言っているのだろう。手を引っ張られて連れていかれようとするのに、足を踏ん張って抵抗する。エディオンもそうだろうと思ったが、セドリックの指示を受けてあっという間に盆を持っていってしまった。

「僕が大丈夫だと言っているんだから、大丈夫だよ。それとも君より長くこの城にいる僕の言うことが信じられないのかな」

ぐっと押し黙って口をつぐむ。セドリックに引っ張られるままに歩き出すのがわかったのか、セドリックは息をついてようやく手を離してくれた。

「消してもらえるのは助かるけれども、無暗《むやみ》に——って、どこに行く気かな？」

「ぐぇっ……っ。お、お手洗いです」

そうっと踵《きびす》を返そうとしたところをぐっと襟《えり》首を掴《つか》まれて、潰《つぶ》れたカエルのような声を上げる。

「お手洗いはそっちじゃないよね。そっちは君が言う綿が逃げた方向だよね？」

にっこりと微笑んだまま迫られて、アメリアは思い切り目をそらした。するとセドリックが小さく舌打ちをするのが聞こえた。

上品な雰囲気のセドリックには考えられない仕草に、ぎょっとしたアメリアを、彼はまるで荷物を担《かつ》ぐように、左肩に担ぎ上げた。ちょうど腹がセドリックの肩に食い込む。

「下ろしてください、殿下！　意外とこれ、苦しいです……っ」

「うん、そうだろうね。お腹が押されるから、苦しいよね。それはわかっているから。でも元気すぎる君にはちょうどいいんじゃないかな」

「悪魔的な発言が聞こえた気がしたんですけれども！　うぐっ、気持ち悪い……」

セドリックが歩き出した振動と、アメリア自身の体重でなおさら押されたみぞおちの辺りが、むかむかとしてくる。

素敵な男性に抱き上げられるのは女性の夢なのだろうが、これは違う。ただの荷物の運搬《うんぱん》だ。浪漫《ろまん》もときめきもあったものではない。

(胃にほとんど入っていなくてよかった……。そもそも殿下はなんで怒ったの？)

不可解なセドリックの怒りに疑問を浮かべつつ、暴れるとなおさら苦しいことに気付いたアメリアはぐったりとしたまま運ばれていった。

＊＊＊

空腹のせいなのか、それとも運ばれ方のせいなのか、大人《おとな》しくなったアメリアを秘書室に放り込んだセドリックは、苛《いら》ついた気分を抱えて自室へと足を向けた。

扉を開けて居間にいた人物を認めて、それまで眉間《みけん》に寄せていた皺《しわ》をなおさら深くする。

「バージル……。君、また勝手に入り込んだね」

「いやいや、今日はちゃんと侍従に断って入れてもらったから。それよりこれ完成したぞ。見てくれよ、この出来栄《ば》え。やっぱり俺《おれ》って天才じゃないか？」

にやりと悪戯《いたずら》っぽく笑ったバージルがこちらに差し出したのは、ころんと丸いあのたぬきの自動人形だった。バージルがたぬきのふっくらとした縞《しま》のある尾を何度かひねって床に置くと、四足をついて人形とは思えない滑《なめ》らかな動作でくるくると回り出した。

「これだけじゃないぞ。この鉄は聖水で清めてから作っているからな。霊や瘴気なんかも弱いものなら浄化まではいかないが、追い払える——って、お前聞けよ」

悦《えつ》に入って喋《しゃべ》っていたバージルを無視して、セドリックは椅子《いす》に乱暴に腰かけた。そうして長々と溜息をつく。

「聞いているよ。見せびらかしに来たんだろう。——ああ、そうだ。来たついでに頼みたいことがあるんだ」

妙にざわつく心を抑えつけて、淡々と言い放ちながら立ち上がると、バージルが不審そうにこちらを見遣ってきた。

「なんか機嫌が悪そうだな。もしかして、アメリアに英雄の封印場所云々《うんぬん》の話がばれて激怒されたか？」

「いや、それはばれていないよ。そこは大丈夫」

「だったら、隠していることに対して、罪悪感でも覚えたのか」

バージルに呆れたように言われ、何気なく足元に転がったタヌキの自動人形を拾い上げる。

「罪悪感というより、なんだか苛立つんだよ。自己犠牲《ぎせい》までとはいかなくても、自分自身の身の危険よりも他人を優先するアメリアが。それを国のために利用しようとする僕自身にもね」

これはおそらく怒りだとは思うのだ。だが、それでもなんとなくしっくりとこないのも事実で、この感情をなんと表したらいいのかわからなくて、もどかしい。

手にしていたたぬきの自動人形をじっと眺める。間抜け面《づら》とでも言うのか、この気が抜けるような雰囲気は、アメリアに似ているかもしれない。

「――それって心配しているだけなんじゃないのか？」

「え？　もちろんそれは心配するよ。僕の命綱だからね」

渋面《じゅうめん》を浮かべるバージルに何をいまさらそんなことを言っているのか、と眉根を寄せると、幼馴染《おさななじみ》は盛大に溜息をついた。

「そうじゃねえって、だからさ」

腹立たし気に詰め寄ってくるバージルに、セドリックは自動人形を放り投げて渡した。

「そうじゃなかったらなんなんだよ。深追いして大怪我《おおけが》でもしたら大変だっていうのに、アメリアは追いかけようとするし。一生懸命なのは嬉しいけれども、あれじゃ身が持たないよ。どうも目に映るすべての霊を消さないと気が済まないらしいからね。何か嫌なことでもあったのなら、理由を聞いて解決した方がいいのかもしれないけれども……」

　ぶつぶつと文句を口にすると、バージルが大きく嘆息して再びたぬきの自動人形を投げ返してきた。

「お前さあ……。アメリアは命綱なんだよな？　だったらせっせと浄化してくれることにだけ感謝しておけばいいだろ。怪我の心配をするのは人として普通だろうけどな、アメリアが必死になって霊を消そうとする理由を気にして、解決までしようとする必要があるのか？」

「それは――」

　呆れたようなバージルに答えようとして、答えられなかった。

　たしかにバージルの言う通り、気にすることはないのだ。下手《へた》につついてやめられて困るのは自分なのだから。

（それなのに、どうしてこんなにアメリアが気になるんだ？）

　悪霊を浄化してくれるのなら、誰でもかまわない。そう思っていた。事実、エディオンを側近に起用した時だってそうだ。一番の浄化力を持っていたから、その気質に多少の難があったとしても気にならなかったのだ。

「すぐに答えが出てこないってことは、それなりにわかってるんだな」

「わかっているって……、何を？」

「自分のためにあれだけ尽くしてくれる女に何も思わないほど鈍感でもないだろ」

セドリックは大きく目を見開いて、手にしたたぬきの自動人形を握りしめた。

――『お役に立てているようで、嬉しいです』

先ほどの、アメリアが作った料理を味見させてもらう前に見た、あのはにかむような笑顔を思い出す。

(可愛いな、とは思ったけれども)

あの時、気付いたら触れていた。こちらはそれに動揺したというのに、野菜くずだのなんだの言いだすものだから、面白くなくてアメリアが食事を差し出してくれたのをいいことに、意地が悪いことをしたのは認めるが。

「君は僕がアメリアを好きになったとでも言うのか？　それはないよ。部下の体調管理も上の者の務めだろう。過労で倒れられても困るしね」

焦る必要などないのに、少しだけ焦ったように言うと、バージルは眉間の皺を深くしてしまった。

「そうだな。それじゃその自動人形を執務室にでも置いておけよ。アメリアの浄化の助けくらいにはなるんじゃないのか。それでついでに効果を検証してほしい」

「執務室に置くには可愛らしすぎないか。まあ、アメリアが喜び――。っ……」

口から飛び出そうとした名に驚いて、ぐっと噛《か》みしめてこらえる。

「アメリアが喜びそう、か？　ほー、へえ？」

「……いや、うん、置くよ。わかったよ。――ああ、そうそう、頼みたいことなんだけれども、執務室に行こうか」

そら見ろとでも言うような、じっとりとした視線にいたたまれず、セドリックはそれを振り払うように立ち上がった。

「増えてきていた悪霊をアメリアがかたっぱしから浄化してくれていただろう。それで綺麗になったせいか逆に悪いものが溜まりやすい場所が目立ってきたんだ。多分その中のどこかに英雄の封印場所があるんじゃないかと思って探しているんだよ。君にも城の見取り図を渡すから、悪いものが溜まっている場所を教えてほしい」

「ああ、そういや、そんな場所がいくつかあったな。でも、封印場所がわかったとして、封印が緩んでいたとしたら、やっぱり再封印するのか？」

バージルの質問に、セドリックは廊下へと出る扉の前で振り返った。

「一応、再封印する準備は進めているけれどもね。英雄を少しでも正気付かせて大人しくさせるための英雄の血筋の者の血と、聖水、浄化の聖句、あとは――英雄の縁《ゆかり》の品物」

「英雄の縁の品物？　あるのか？　そんなものが」

「あるよ。霊は縁の品物じゃないと閉じ込められないからね。封印場所がわかれば縁の品物は必ずその場所にある。封印の緩みっていうのは、その品物の劣化によるところもあるからね」

物である以上、劣化するのは免《まぬが》れない。

「そうなったら、俺が直せばいいんだな？　大抵の物ならなんとかなるぞ」

「そうだね。頼むよ。――中に閉じ込められた霊も劣化して弱体化すれば簡単なことなのにね」

そうはいかないのが悩みどころだ。確実に浄化できる方法が見つかるまでは、再封印を繰り返すしかない。

(アメリアに浄化を頼んでみようか？　いや、でもそれは危ういか？)

桁《けた》外れの浄化力を持っているのに、まったくそのすごさを理解していない彼女に頼むのは、少し危ない気もする。

(……危険なのはわかっているのに、廊下で食事するような令嬢だからな)

つい思い出し笑いをしてしまって、再び先ほどのバージルとのやり取りを思い出してしまい、はっとしてそれを軽く頭を振って打ち消す。

はた目から見れば挙動《きょどう》不審《ふしん》なその様子を、バージルが気味悪そうに見ていたとは気付かずに、セドリックは執務室へと向かった。

＊＊＊

アメリアには、幼い頃から何度も繰り返し見る夢がある。

——魔女だ。

ふっと耳に飛び込んできた言葉の意味が理解できなくて、アメリアは呆然《ぼうぜん》とその場に立ち尽くした。

（魔女って、なに？　わたしのこと？）

注がれる視線は畏怖《いふ》と嫌悪に満ちていて、身動きが取れなくなる。

——ご領主様のお嬢様は魔女かもしれない。あの方と出くわすと決まって体調が悪くなる。

——だからこの地は不作が続くのだ。

いわれのない批判に耐えきれず、膝を抱えて蹲《うずくま》る。

（『良くないもの』を取ったら魔女になるの？　そんなの、嫌。だったら、もうしない）

やらなければ言われない。何もしなければいい。その結果がどうなろうとも見て見ぬふりすればいい。

——魔女と目を合わせるな。あそこの使用人のように、寝たきりになるぞ。明日も知れぬ命だそうだ。

目の前には真っ黒な繭《まゆ》のようなものに包まれた乳母《うば》。自分が人目を気にして黒いものを取らなかった結果。軽い風邪《かぜ》がどんどんと悪化していったのは、おそらくは『良くないもの』のせい。

押し寄せる罪悪感に目の前が真っ暗になる。

(『良くないもの』が見えているのに何もしなかったわたしのせい。わたしが怖がったから、わたしが――)

「――ミツケタ」

ごつん、と頭に衝撃が走って、はっと気付いたアメリアは、ひんやりとした床に転がっている自分に、寝ていた寝台から落ちたのだとわかり目を瞬いた。

「――久しぶりに子供の頃の夢を見たわ……」

盛大な溜息をつきながら、体を起こす。

嫌な記憶が夢となって現れるのは度々あったが、それでもここしばらくはなかったから油断していた。じわりと重い気分が胸に広がり、アメリアは縋《すが》るように胸元のペンダントの先に通したお守りの指輪を握りしめた。

窓の外を見遣ると、うっすらと白み始めていた。どうせすぐに夜が明ける。このまま起きてしまおう。

（王都に来てから寝台から落ちたことはなかったけれども……。今夜からは宿舎に戻れるから気が抜けた？　たしかに今まで緊張していたけど……）

窓を左にして弟妹と一緒に寝られてしまいそうなほど大きな寝台が設置された客室は、宿舎の部屋がいくつか入ってしまうのではないかと思うほど広くて落ち着かなかった。しかしそれもこれで終わりだ。何事もなかったから、今夜は宿舎の自室に戻れるはず。

嫌な夢の残滓を振り払うように、両手を頭の上で組んで、身を伸ばす。

（宿舎の部屋は狭いとか文句を言っている人もいるけれども、あの狭さが落ち着くのよ！）

ようやく高揚《こうよう》してきた気分で、お仕着せをしまうのが申し訳なくなってくるほど装飾的な衣装棚を開いて着替えていると、ふとあることを思い出した。

（そういえば……、何かおかしな言葉が聞こえたような気がするけど……）

夢から目覚める間際、耳をかすめた声。若干片言のような低く落ち着いた声。あんな声は一度も聞いたことはない。あれはなんだったのだろう。

頭を悩ませつつも着換えを済ませ、部屋の片隅の小振りながらも優美な曲線を描く装飾がなされた鏡台の前に立って、鏡を覗き込む。

「あ……、怪我してる」

寝台から落ちた時にこすったのだろう。ぶつけた額にうっすらとすり傷がついていた。

見えない場所でよかったと思いながら、簡単に身支度を整えたアメリアは、セドリックの起床時間にはまだ早いから、それまであちこち掃除をして回ろうと、部屋の片隅に立てかけておいたモップを手に廊下へと出た。

「なんだか今日は元気がないね」

　どこか躊躇うようにセドリックに声をかけられ、朝食の給仕をしていたアメリアは、ぎくりとしてお茶を淹《い》れる手を止めた。しかしすぐに何でもないことのように笑みを浮かべる。

「そうですか？　元気ですよ。朝食もしっかりいただきましたし。こちらのパンはふかふかで美味しいですね」

「それはよかった。料理人も喜ぶよ。――でも、話をそらさないでくれないかな。さっき起こしてもらった時、勢いがなかったよ」

「えっ、もしかして靄とか残っていましたか!?」

　今朝は霧《きり》のようなものが寝室全体に広がっていたが、残らず拭《ふ》き上げたと思ったのに。

　いつもならエディオンが最終確認をするのだが、今日は特別礼拝の準備をしに行っていていなかったのだ。見落とした可能性もある。

　ポットをテーブルに置き、慌ててモップを取りに行こうとして、セドリックにエプロンの端を掴まれた。

「残っていないよ。大丈夫。いつもならくらくらするくらい遠慮なく肩を揺すって起こされるのに、あまり強く揺さぶられなかったから、どこか具合でも悪いのかと思ったんだ」

「……馬鹿力ですみません」

悪霊に憑かれていたとなると、なかなか起きないのでつい力が入ってしまうのだ。赤面しつつ振り返る。セドリックが苦笑して首を横に振った。

「いや、それくらいしてもらわないと起きられないから――。え？　寝台から落ちて怪我？」

唐突にセドリックの口から知るはずのないことがこぼれて、アメリアはぎょっとして肩を揺らした。それに気付いたセドリックがはっと片手で口元を覆う。

「――ごめん。ちょっと今、そこの幽霊が言っていたのが耳に入って」

気まずそうにセドリックが天井を指さす。つられて見上げたアメリアの目に、天井にふよふよと漂う更紗《さらさ》のような白い布が映ったが、アメリアの視線を受けてか、すうっと閉まっている窓を通り抜けて逃げていってしまった。

「見えた？　僕には中年のふくよかな女性に見えたんだけど。おしゃべり好きな感じの」

「いえ、わたしにはただの白い布にしか……」

セドリックの言葉を信じられないわけではないが、やはり戸惑ったままもう一度上を見ると、おもむろに立ち上がったセドリックが顔を覗き込んだ。

「あれ、本当だ。ちょっと怪我しているね」

「――っ!?」

上を向いたために額の傷があらわになっていた。

唇が触れるのではないかと思うほどあまりにも近い距離に驚いて、一気に顔に血が上る。思わず硬直してしまうと、ふいにセドリックと目が合った。真っ赤な顔につられたのか、なぜかセドリックの顔も赤くなる。かと思うと、動揺したようにさっと身を引いた。

「い、痛そうだね」

「だ、大丈夫です。ええ、はい。ちょっと夢見が悪くて寝ぼけて寝台から落ちただけなので、痛くはありませんから!」

額の傷を手で押さえ、慌てて言い訳をする。

(びっくりした……。あんな間近で見られるとは思わなかったわ。――心臓に悪い)

まだどきどきと煩《うるさ》い心臓を押さえていると、席に戻ったセドリックが怪訝そうな顔をした。

「夢見が悪い？　――もしかして、夢見が悪くて元気がなかったのかな。そんなにも怖い夢だったの？　それだったら話してしまった方がいい。僕でよければ聞くよ」

セドリックに促され、アメリアはきゅっと唇を噛みしめた。

口にしたとしても、過去が変わるわけではない。だが元気がないと心配されてしまっては、理由を話すべきなのだろう。

(誰にも話したことはないけど、わたしの力が必要だと言ってくれた殿下にならら……)

話しても突き放されることはないだろう。

アメリアはわずかに緊張しながらも、お守りのペンダントに手をやって口を開いた。

「──怖い、とは違うような気がします。子供の頃に魔女と呼ばれた時の夢ですから。時々、思い出したように見てしまって……。怖い夢、というより、嫌な記憶そのものです」

お守りを握る手に力を込める。神妙な表情でアメリアの言葉を聞いていたセドリックは、少しだけ考えてから静かな声で言葉を紡《つむ》いだ。

「そうか……。そうすると──もしかして浄化するのは、本当は嫌だったりするのかな？」

「──いいえ、それはありません。何度でも言いますけれども、わたしの力が目に見えて役に立てるのは嬉しいですし、やりがいがあります。むしろ、王宮全部をお掃除して回りたいくらいです」

先ほどとは一転して、勢い込んで詰め寄るように言うと、セドリックはなぜか頭痛をこらえるかのように額を押さえた。

「それだけ必死になる理由があるのかないのか、微妙なところになってきた気が……」

ぼそりと呟《つぶや》かれた言葉に、アメリアはセドリックをまじまじと見つめた。

「必死になる理由？　微妙？　なんのお話ですか？」

「──いや、なんでもないよ。掃除をしてくれるのはありがたいけれども、なるべく僕の目の届く範囲だけにしてほしいな。あとね、アメリア」

苦笑するセドリックに名を呼ばれ、アメリアはそのわずかに緊張感を帯びた声に背筋を伸ばした。

「僕は君を魔女だなんて思ったことは一度もないよ。君だけが僕を苦しめる悪霊から救ってくれるんだ。誰がなんと言おうと、僕は君の味方だから、それだけは覚えていてほしい」

真っ直《す》ぐに見据えてくるセドリックに、同時に胸につかえていた重い気分が押し出されるようにぎゅっと胸が詰まった。

「ありがとうございます。そう言ってもらえると、今日も頑張れます！　……あと、あの」

「まだ他に何か言いたいことがあるなら、全部言っていいよ」

「それじゃ、あの――エディオンさんも浄化できると思うので、わたしだけじゃなくてたまにはエディオンさんも労《ねぎら》ってあげてくださいね」

自分だけが感謝の言葉を貰うのは申し訳ない。

するとセドリックは渋い顔をした。

「あいつはあまりにも気味が悪い悪霊に遭遇すると、時々逃亡するんだよ？　すぐにノエルに捕まって連れ戻されるけど」

「……そ、それでも、言ってあげるといいと思います。逃亡率が減るかもしれませんし」

「君が言うなら……」

渋々と頷いたセドリックが、しばらくして居間に礼拝の時間を知らせに来たエディオンに労いの言葉をかけた途端、「何か悪いものでも食べましたか?」と気味悪そうに言われてしまうとは知らずに、アメリアは満足そうに微笑んだ。

＊＊＊

「セドリックのことはどう思っていまして?」

セドリックによく似た面差《おもざ》しの上品でいて絶対的な権力を持ったその女性が、無邪気にアメリアに微笑みかけた。

月に一度の特別礼拝。女王ハリエットを始めとする主だった貴族が参列するその礼拝の後、前回と同じようにセドリックの控室に一人でやってきた小柄な女王の質問に、アメリアは動揺することなく口を開いた。

「はい、いい方で、良くしていただいております」

若干答えが噛み合っていなかったが、気付いていてあえて強気に出てしまえるほど、アメリアは浮かれていた。

客室滞在七日目。あれから何事も起こらず、今夜は久しぶりに宿舎の自分の部屋に戻れる。何もなかったことも安心したが、夢見の悪さで重い気分になっていたこともセドリックによって解消されたので、今は友人と会えるのが楽しみだった。

セドリックが慌てたようにアメリアとハリエットの間に割り込んだ。

「陛下、何を聞いていらっしゃるのですか。答えにくい質問をしないでください」

「あら、いけません？　気になるのですもの」

小首を傾げたハリエットは、セドリックを避けるようにして好奇心に満ちた目をアメリアに向けてきた。そこまできて、さすがに少し緊張を覚える。

「セドリックの体質を知っても、まったく怖がらないばかりか、改善してしまうお嬢さんなんて、そうそう見つかりませんもの。ご実家のオルコット子爵家にも、連絡が行っているはずですわ」

「連絡？　ちょっと待ってください、陛下。いえ、姉上。どういった連絡をなさったんですか」

驚いたアメリアが声を上げるよりも早く、セドリックが詰問《きつもん》するような勢いで姉に詰め寄った。するとハリエットは、ちらりとアメリアに視線を寄越して、すぐに唇の前に指を立てた。

「秘密、です。でも、心配いりませんわ。悪いことを伝えたわけではありません」

茶目っ気たっぷりに言い放つハリエットに、アメリアは笑顔を凍《こお》らせた。

(まさか、わたしの浄化の力のことを伝えたんじゃ……。うわぁ……、家に帰りづらい)

家族には会いたいが、故郷に戻るのは恐ろしい。

ハリエットが何を実家に伝えたのか切実に知りたいと思っていると、片頬を引きつらせたセドリックが、こちらを振り向いた。

「アメリア、ちょっと姉上と話があるから、席を外してくれないかな。ノエルが執務室にいるはずだから、僕の部屋の掃除をするのなら、鍵《かぎ》はノエルから貰えると思う」

いつも柔らかい物言いのセドリックの声が怒りを帯びている。セドリックはハリエットが伝言した内容の予想がついているらしい。

「聖堂で後片付けをしているエディオンにも一応、声をかけておいてくれるかな」

「はい、わかりました。失礼します」

名残《なごり》惜し気に控室を後にしようとしたアメリアは、扉が閉まる瞬間、セドリックが頭を抱えるのを目にしたが、しばらく考えた末、見なかったことにした。

(殿下が困る伝言ってどんなものよ……。気になるけど、ご姉弟の間の話を聞かせてほしい、なんて言えるわけがないし)

そんなことを考えつつ、エディオンを探して聖堂へ向かう。

聖堂で礼拝に使用したロウソクやら香《こう》やらの片付けをしている神官たちに指示を出しているエディオンを見つけて声をかけようとしたアメリアは、ふと大時計の針が目に入った。一つ瞬きをした次の瞬間。

「なに、あれ……」

長針に茨《いばら》のように絡みつく真っ黒な物が見えた。その、だらりとさがる蔓《つる》の一部からは、まるで血のような液体が滴り落ちていたが、床を闇《やみ》色に染めていくそれは、あのウサギの足跡形が刻まれた祭壇を避けるように広がっていく。

見たことのないおぞましさに、無意識のうちにお守りのペンダントに手をやり、声も出せないでいると、アメリアの姿を見つけたエディオンが笑ってこちらに来ようとした。

「待っ……」

エディオンに制止の声をかけようとした時、茨はアメリアの声に反応したかのようにすうっと姿を消した。同時に床の染みも瞬く間に消え失《う》せる。

「アメリアさん、どうかしましたか？　そんな化け物でも見たような顔をして」

今の茨を見ていなかったのだろう。エディオンが不思議そうに尋ねてくるのにはっと我に返った。

「モップはありませんか？　時計におかしなものがくっついていたんです」

周囲の人々に聞こえないように、声を潜めてエディオンに迫ると、彼はざっと青ざめた。

「あ、ありますけれども……。アメリアさんがそんな険しい顔をするくらいおかしなものだったんですか？」

無言で頷く。あれはいつも以上に『良くないもの』の感じがした。そこまで考えてはたと気付く。

「殿下が危ないかも……」

アメリアは慌てて踵を返した。あたふたと聖水を用意するエディオンを横目に駆け出そうとして、目に留まったモップを引っ掴んだ。そのまま控室に続く廊下に出る扉から飛び出す。

短い廊下を歩き、控室の扉を叩こうとした時、ふいに背後に気配を感じた。何の気もなしに振り返ると、どこか切羽詰まったような表情の黒髪の騎士がすぐ後ろに立っているのに気付いて、少し驚く。かと思うと、唐突に腕を掴まれた。

「えっ……!?」

驚愕《きょうがく》し、とっさに振り払おうとしたが力では敵わず引き寄せられ、骨ばった手で口元を覆われてしまう。取り落としたモップが硬い音を立てて倒れた。

(この方、時々朝にすれ違う騎士様、よね!?)

今日はどんな厄日《やくび》なのだろう。嫌な夢から始まり女王陛下には実家に何かを暴露《ばくろ》され、聖堂では気味の悪いものを見て、しまいには顔だけしか知らない騎士に拉致《らち》されそうになっている。

(わたしが一体なにをしたっていうのよ)

恐怖よりも腹が立ってきた。

身を捩り拘束《こうそく》する騎士の腕から逃れようとして、足を思い切り踏みつける。声にならない悲鳴を上げた騎士の力がふっと緩んだ。その隙《すき》に、口元を覆う手から首を振って逃れる。

「誰か、助け……ぐっ」

「頼む。声を上げないでくれ。乱暴なことはしたくない」

上げかけた声は、再び騎士の手によって封じられてしまった。

(すでに乱暴なことをされてますけど！)

——たしかに君の浄化力は強いだろうけれども、それは生者には効かないよ。

ふっとセドリックに言われていたことが頭をよぎった。嫌な予感にどっと冷や汗が出る。これは下手に声を上げたり暴れて刺激しない方がいいかもしれない。

控室の前から引きずられるようにして、外へと続く扉を通り抜け庭へと連れ出される。そのまま庭木の陰に連れ込まれた。

「手を離しても騒がないでくれるか」

こくこくと頷くと、ようやく騎士は口元の手だけを外してくれた。新鮮な空気を思い切り吸い込むと、アメリアは首をひねって騎士の顔を見上げた。

「あなた……、時々朝にすれ違う騎士様ですよね？　お名前も所属も一切知りませんけれども」

聖堂や西棟に出入りする騎士は大抵が決まっている。名前は知らなくても見かけたことがあるという程度の騎士もいたが、真面目な印象のこの黒髪の騎士はその中でもよく会釈を返してくれたので覚えている。ついこの前は挨拶もしてくれた。アメリアの探るような視線に、騎士は傷ついたように顔を歪めた。

「それでも、アメリア・オルコット子爵令嬢。貴女《あなた》が俺のことを知らなくても、俺は貴女を知っている。あなたが王弟殿下の元に異動になる前から、ずっと見ていたんだ」

「見ていた？」

ぴくりと片頬を引きつらせて、見下ろしてくる騎士を睨みつける。未《いま》だに拘束は解けないが、それでも腹の中の怒りの塊がふつり、と沸《わ》いた。

「この前から見ていたのは、あなただったのね。人をずっと付け回して、どういうつもりですか？　言いたいことがあるのなら、さっさと言ってください」

できるだけ騎士を刺激しないように、ともすれば荒げそうになる声を抑える。しかし言葉遣いはつい責めるものになってしまう。

（あれ、でもそうだとしたら、あの人形の靄は？）

この騎士には靄などかけらもついていない。ふっと浮かんだ疑問は、髪に顔をうずめるようにして騎士に抱き寄せられたことで、吹き飛んだ。

（いやあっ、なに？　気持ち悪い！）

ぞわっと腕に鳥肌が立つ。言いようのない嫌悪感を覚えて、アメリアは思い切り頭を後ろにそらした。がつりと後頭部に衝撃が走る。一瞬だけ眩暈がしたが、それにもかまわずに、緩んだ拘束から必死で逃れた。

「まっ、待ってくれ！　話を聞いてくれ」

　振りほどいた騎士の手が、再びアメリアの腕を掴む。アメリアの頭が当たったのだろう。騎士の鼻から血が出ていた。いつの間に憑いたのか、その肩の辺りにぼんやりとした靄が漂っていたが、取り憑かれているわけではないだろう。意思を奪われているようには見えない。

「話？　連れ去ってきておいて話を聞いてほしいなんて、無理に決まってます。離してください。仕事があるんです。王弟殿下にご迷惑がかかります」

　暗に、自分が見当たらなかったらきっと誰かが探しに来る、と警告すると、騎士は必死な表情を一転させて、おそらくは鼻血が出ていなければそれなりに整って見えるのであろう顔を怒りに歪めた。

「貴女は王弟殿下に騙《だま》されているんだ。貴女の謹直《きんちょく》さを買っての部署異動だと聞いたが、王宮に出仕してほぼ一月で異動などありえない。あの怠惰《たいだ》な王弟殿下が貴女を気に入って手に入れようと、無理を言ったに違いないんだ」

　アメリアは騎士の発言に、場違いながらも少しだけ感嘆《かんたん》してしまった。

(そうね。騙されたことは騙されたわね。嘘の借金をでっちあげられて)

　傍《はた》から見るとやっぱり異例のことだったようだ。どうりで、一部の意地の悪い視線とは別に、時折同情じみた視線を向けられたり、労いの言葉をかけられるわけである。

「貴女は堅物で融通が利かないつまらない男と言われる俺にも明るく挨拶してくれた。それからずっと見守っていた。王弟殿下よりも先に俺の方が貴女を慕っていたんだ。貴女が悪い噂の絶えない王弟殿下の元にいたくないと言うのなら、救い出したい」

「――わたしは救い出してほしいなんて思っていません」

アメリアは険しい表情で首を横に振った。しかし騎士はアメリアの拒絶にも怯《ひる》むことなく先を続けた。

「宿舎に戻らなくなったのは、王弟殿下の命令に逆らえなかったのだろう？　さっきだって青ざめた顔をしていた。それにその額の傷、暴力を受けているんだろう」

「いえ、これは自分で寝ぼけて寝台から落ちただけで……」

「俺なら貴女にあんな顔をさせないし、傷つけない。いつでも笑っていられるようにする。こんな風に」

アメリアの言葉など全く耳を貸さず、滔々《とうとう》と喋っていた騎士が懐から数枚の紙を取り出した。それを見たアメリアは、首を傾げて固まった。

「……これ、わたし？」

明らかに自分だと思われる人物がそこに描《か》かれているのを見て、アメリアは戦慄して頬を引きつらせた。一枚ではない。数枚にかけて描かれた自分の肖像《しょうぞう》画はそのどれもが笑顔だった。

（無駄に上手《じょうず》なのが、執念を感じて怖い！　しかも実物よりちょっと美人だし……）

どこか陶酔したように見つめてくる騎士が、額の傷をそっと撫《な》でて、腕を掴んでいる手に力を込めた。呆然と立ち尽くしていたアメリアは、はっとして腕を引き戻す。

「ちょっと、離して！」

「俺と一緒に逃げよう、アメリア。今ならまだ逃げ出せる。貴女が好――」

「逃げても、地の底まで追いかけていくよ？」

唐突に聞き覚えのある穏やかな声が割り込み、ふっと影がさした。そちらに気をとられたのか、騎士の力が緩む。かと思うと、アメリアの腕を掴んでいた騎士の姿が横に吹っ飛んだ。その衝撃でよろめいた体を、白い袖《そで》に包まれた腕が支える。ふっと爽《さわ》やかで落ち着いた乳香の香りが鼻をかすめた。

「無事でよかった……」

思いがけず強い力で抱きしめられて、腕を辿って顔を見上げたアメリアは、見慣れたセドリックの血の気が引いた表情を目にして、安堵のあまり急に力が抜けた。足元をふらつかせたところを、セドリックがなおさら強く抱きとめてくれる。

「すみません、ちょっと腰が抜けました」

自分で思っていたよりも気を張っていたらしい。苦笑いをして、セドリックから体を離そうとすると、セドリックがやんわりとそれを引き戻した。

「無理しなくていいよ。まだ手が震えてる。僕も気が気じゃなかったよ」

指摘されて、初めて手が細かく震えているのに気付いた。冷えてしまった指先を包み込むようにセドリックの手が少しだけ躊躇うように絡められる。騎士の時と違い、まったく嫌悪感は覚えない。じんわりと染みるような温かさに、思わず握り返す。少しだけ涙腺《るいせん》が緩んだ。

「——っ、王弟殿下！　アメリアに触らないでいただきたい」

ふいに響いた怒声に、アメリアはびくりと肩を揺らした。セドリックが小さく舌打ちをする。

「あいつ、頑丈《がんじょう》だな。かなり容赦なく蹴《け》り飛ばしたのに」

「蹴ったんですか!?　どうりで勢いよく飛んでいったと……」

「鼻血が出ているけど、顔から倒れたかな」

「あ、それわたしです。逃げようとして暴れていたら、ちょうどいいところに顔があったので」

そういえば、少しだけ後頭部が痛む。セドリックがちょっとだけ驚いたように片眉を上げたが、すぐに面白そうに笑った。

「君、やっぱりすごいね。惚《ほ》れ惚《ぼ》れする」

「聞いているのか？　離れろ、この女王陛下のご威光を汚す愚弟が！」

無視されてさらに逆上した騎士が、剣を抜いて切りかかってきた。セドリックがアメリアを後ろに追いやって、どこからか取り出した短剣で騎士の刃を防ぐ。

二度、三度と打ち合ううちに、隙をついてざっと間合いを詰めたセドリックが、短剣の柄《つか》で

騎士の顎を突き上げた。

うめき声を上げた騎士が、倒れ込む。地面に伏した騎士はのびてしまったのか、引っ繰り返ったまま立ち上がらなかった。

あまりの早業《はやわざ》に唖然として口を開ける。

（そういえば学生時代は文武両道《ぶんぶりょうどう》だったって聞いたけれども……）

それなりに修練を積んでいるであろう騎士をこうも簡単にのしてしまうとは思わなかった。どちらかと言えばあまり俊敏な印象はなかったが、思わぬ姿に妙に動悸《どうき》がしてくる。

短剣を鞘《さや》に収めたセドリックが、ふいに周囲に散らばる紙を見つけて拾い上げた。

「あ、それは――」

「お見事ですねえ、神官長！　あっ、アメリアさんご無事で何よりです。あれ、その絵なんですか？　うわぁ」

がさりと背後の茂みが揺れたかと思うと、能天気な声と共に頭を出したエディオンが、セドリックが手にした紙を目にして、顔をしかめた。セドリックがその形のいい唇に、薄い笑みを浮かべた。

「アメリアだね。よく描けてる。――エディオン、この騎士の部屋を探し出してきてくれないか」

「誘拐《ゆうかい》未遂犯ですから、私が探さなくても捜索《そうさく》はされると思いますけど……。ちなみに見つけてきたらどうなさるおつもりですか?」

「燃やす。アメリアの絵はきっとここにあるだけじゃない。盛大に燃やしてやる」

「それ放火ですからね!?　自ら犯罪に手を染めないでくださいよ!　ほら、アメリアさんも止めてください」

「え?　絵を燃やしたら駄目なんですか?　わたしとしても気持ちが悪いので燃やしてほしいんですけれども」

必死の形相で止めに入ったエディオンに促されたが、アメリアはきょとんと返した。

「いえ、この方、部屋ごと燃やす気ですからね!?」

「そ、それは——。え……あれ、なんですか?」

エディオンの剣幕にたじたじになりながら、彷徨《さまよ》わせた視線の先に映ったものに、アメリアは大きく目を見開いた。

気を失って倒れている騎士の周りに黒い茨がどこからともなく現れる。つい先ほど聖堂で見たばかりのものに似ているそれが、まるで生き物のようにあっという間に騎士に絡みつくのと、アメリアが一歩踏み出すのはほぼ同時だった。

「危ない!」

反射的に「消さなければ」と感じて近づこうとしたその肩を、セドリックに掴まれる。次の瞬間、ふっと目の前を銀の軌跡《きせき》が通りすぎた。はらりと切られて舞った黒髪が自分の物だと悟り、アメリアは瞠目《どうもく》した。

剣を構えた騎士がこちらを睨みつけている。だが、見開かれたその目は完全に白目だった。ぞわっと悪寒が背筋を駆け上る。

「ごめん、多分僕がいたから、寄ってきた霊があの男に憑いて乗っ取ったみたいだ。憎悪を抱いていたから、憑くのは簡単だったんだろう。それにしても、酷《ひど》く醜《みにく》いものに憑かれたな。干《ひ》乾《から》びた……木乃伊《ミイラ》みたいな悪霊に絡みつかれているよ」

ぐらぐらと頭を揺らし、だらりと下げられた手には剣。弛緩《しかん》した口元からは、意味のなさない言葉が吐き出されている。アメリアの目には全身をからめとるかのような茨が、まるで血管のように絡みついているのが見えた。

打って変わって茫洋《ぼうよう》とした表情の騎士に、嫌な汗がにじんで鼓動が速くなり、焦燥《しょうそう》感が胸を占め始める。こんな意思のない顔を、故郷で見た覚えがある。アメリアは焦ったようにセドリックを振り仰いだ。

「だったら、早く浄化しないと。殿下に乗り移るかもしれません」

「僕ならあれくらいの霊なら慣れてるから大丈夫だよ。動けなくはなるだろうけど、乗っ取られはしない」

「でも、苦しいじゃないですか！　わたし知っているんです。憑かれているのを放置して、死にかけた方を。――魔女って呼ばれても、わたしがあの時もっと早くに払っていれば……わたしの乳母はあんなにも苦しむことはなかったのに！」

故郷で魔女だと噂され、あの時だけ『良くないもの』を払うのをやめた。憑かれていた乳母は幸い、死ぬことはなかった。それでもあの時の後悔が身に沁《し》みついている。

セドリックがちょっと驚いたように動きを止め、落ち着かせるように肩を一つ叩いた。

「うん、わかっているよ。でも焦ったら駄目だ。君が浄化するにはあの男から剣を奪わないと。——エディオン、隠れていないで、頼んだよ」

「わ、わかってますよぉ」

いつの間に逃げ出したのか、茂みの向こうに隠れていたエディオンが、懐から聖水入りの瓶を取り出した。そうしてそのまま振りかぶって騎士に投げつける。

ガラスが割れるけたたましい音と共に、聖水が騎士に降りかかる。動きを止めてがくりと膝をついた騎士の手にあった剣を、素早く近づいたセドリックが遠くに蹴り飛ばして飛び退《すさ》った。

「いいよ、アメリア」

セドリックに名を呼ばれ、弾《はじ》かれたように駆け出す。苦しがるように体を丸めて震える騎士から溶け出すように流れ出てくる黒いどろりとした液体に触れようとして、わずかに躊躇った。

(これ、触っても大丈夫かしら)

いつもは感じることのない感覚に、それだけこれが危険なものなのだと本能的に悟っているのだと気付く。意を決して触れようとしたその目の前に、ずいと何かが差し出された。

「はい、モップ。そんなものに触らなくていいからね」

「どこから持ってきたんですか？」

「廊下に落ちていたから、エディオンが持ってきていたんだよ」

セドリックが差し出してきたモップの柄《え》を握りしめたアメリアは、気合を入れるように大きく息を吸った。まるで血のように広がりつつある黒い液体にモップで触れると、蒸発するかのように瞬く間に消え失せた。

＊＊＊

「『ヘンリー・バンブリッジ。バンブリッジ子爵の三男。二十一歳。城に出仕したのは、五年前。勤務態度は真面目でそつなくこなすが、堅物で融通が利かないつまらない男、と婚約者に逃げられた過去有り』以上が、誘拐未遂犯の人物像です」

朝日が差し込む騎士の宿舎の一つの部屋の前で、セドリックに向けて淡々と簡単な調書を読み上げたノエルが、こほん、と咳払いをする。そのこめかみが先ほどから痙攣《けいれん》しっぱなしなのだが、隣に立ったアメリアはそれを指摘する勇気はなかった。

あれから駆けつけてきた騎士たちによって、アメリアを誘拐しようとした騎士は拘束されたが、悪霊に取り憑かれた後遺症かあの時のことは記憶があやふやらしい。一夜明けた今日は大分落ち着いているらしいが、アメリアのことを出されると言動が少しおかしくなるそうだ。

「婚約者に逃げられたことで酷く傷ついて、こじらせたかな。やっぱりこれ、燃やそうか」

開け放たれた扉の中を覗いたセドリックが、同情しているのかそれとも呆れているのか、眉根を寄せた。

バンブリッジの部屋だというそこにはセドリックが予測していた通り、何枚ものアメリアの絵が飾られたり、床に散らばっていたりした。描きかけの絵を真っ黒く塗りつぶしているのを見て、アメリアはぞわりと鳥肌が立った腕をこすった。

「ああ、気持ちが悪いよね。すぐに閉めるよ」

「い、いえ、ついていきたいと言ったのはわたしなので」

嫌悪感に顔を引きつらせたアメリアに気付いたのか、セドリックが扉を閉めてくれた。

「思いつめていると憑かれやすいからね。アメリアが初めに見た人形の靄は、もしかしたらあの騎士の実体じゃなくて、妄執《もうしゅう》だったのかもしれないね」

だからこそ、アメリアが追いかけた時にすぐに見失ってしまったのかもしれない。つらつらとそんなことを考えていると、ノエルが再び咳払いをした。

「それにしても殿下。いくら私が霊を目にすることができないからとはいえ、兄の私に何も知らせないというのはどういう了見ですか」

「それは悪かったよ。でも君もよくわかっているじゃないか。霊の仕業《しわざ》だとしたら悔しいだろうけれども君には手を出せないのが。それに今回の件、気付いていたよね？　そうじゃなければ、いくら君が優秀でも、昨日の今日で騎士の情報がすらすらと出てくるわけがない。霊絡みだと知って、静観していたんだろう」

「それは……」

珍しく言いごもった兄を見て、申し訳なくなったアメリアは、その袖をそっと引いた。

「兄さん、ごめんなさい。黙っていてほしいって頼んだのはわたしなの。あまり心配をかけさせたくなかったし、ここまで大ごとになるとは思わなかったから」

ノエルはアメリアの顔をじっと見下ろすと、眉間に寄った皺を少し緩めて溜息をついた。

「——やっぱり王弟殿下の『妹と一緒に働きたくない？』の口車に乗せられて、お前の部署替えを許さなければよかったな」

なんだか今、おかしな言葉が聞こえた気がする。アメリアはおそるおそる兄を窺《うかが》った。

「兄さんちょっと今の話はなに？」

「お前の部署替えの話か？　どうせ王都にいるのなら、できれば側で顔を見ながら働きたいじゃないか。その方が余計な虫も近寄らない。——はずだったんだ」

「……うん、そうねー……」

思わぬ事実に呆れを通り越して、思わず遠い目になってしまう。

(わたしの部署替えがそんなに私欲にまみれていたなんて……。持ちかける殿下も殿下だけど)

兄の性質を熟知していてなんとも言えない。

胡乱《うろん》げにちらりとセドリックを見遣ると、彼は少し気まずそうに目をそらした。

「ノエル、騎士の詰め所に行って、バンブリッジの部屋の確認が終わったと伝えてきてくれないかな」

まるで追い払うように用事を与えたセドリックに、ノエルは反論するかわりとでも言うように長々と深く息を吐いて頷くと、渋々と詰め所へと向かった。

兄が行ってしまってから、セドリックに西棟へ戻ろうか、と促されて、その後に付き従って建物の外へと出る。

「まあでも、君に怪我がなくてよかったよ。君が変な男に連れていかれた、って霊が騒がなければもっと酷いことになっていたかもしれないからね」

「だからあの時、わたしの居場所がわかったんですね」

どうりで助けに来てくれたのが早かったわけだ。あのセドリックの居間でアメリアが寝台から落ちたことを告げ口した幽霊と似たようなものなのだろう。彼だか彼女だかわからないが、感謝しなければ。そこまで考えて、アメリアはふと気付いた。前を歩いているセドリックの背中に、声をかける。

「殿下、そういえば助けてもらったお礼を言っていませんでした。ありがとうございます」

「お礼はいらないよ。騎士が暴走するきっかけの一つを作ったのは僕だからね。――ああ、そういえば君が見たとかいう時計の茨だけれども、時計の来歴をノエルに調べさせることにしたよ」

「そうなんですね。なにかわかれば……あ、ちょっと待ってください」

改まった声に自然と背筋を伸ばしたアメリアは、しかしその視界の端に黒い霧状のものが漂っているのに気付いた。躊躇いもなくそちらに行こうとしてセドリックにエプロンの端を掴まれる。

「できればモップで消してほしいって言ったよね？」

「手では触りませんから、大丈夫です」

「そういうことじゃないんだけれども……。まあ、あれ骨だからまだましか……」

嘆息したセドリックの手が離れたことをいいことに、アメリアは駆け寄って靄を踏み消した。

そうしてやりきった気分でセドリックを振り返る。

するとと立ち止まって待っていてくれたセドリックに、複雑そうな面持《おもも》ちを向けられていた。

「――君が自分の身を顧《かえり》みずに必死になって悪霊を消そうとするのは、後悔したくないからなんだね」

アメリアは息を飲んでその場で立ち尽くした。憑かれた騎士を前にして、思わずこぼれた言葉を覚えていたセドリックに、見せたくない姿を見せてしまったのだと気付いて、いたたまれない。

「個人的な感情でお仕事をしていて、すみません。でも、ちゃんと消しますので」

「君がきちんとやるべきことをやってくれているのはわかっているよ。でも、僕はその君の後悔や優しさに付け込んでいるのかもしれないよ？」

あまり重くしたくないのか、セドリックの口調はどこか茶化したような印象だ。ゆっくりと歩き出したセドリックに、戸惑ったアメリアは少し間を置いてその後について歩き始めた。

「付け込んでいるなんて……。無理に協力させられているわけではありませんし。嫌な役目じゃないですから、わたしを気遣って付き人をクビになんてしないでくださいね。――あ、でも今回は少し油断していてご迷惑をかけてしまいましたけれども。……減給になりますか？」

いたって真剣に言い放つと、セドリックはしばらくして肩を震わせて笑い出した。

「まったく君は……面白いね。ならないよ。むしろ危険手当を出したいくらいだ。うん、でもそうだね、ノエルに申請するように頼んでおくよ」

「危険手当、ですか？　バンブリッジさんのことを考えると、ちょっと後ろめたいですけれども……。ありがとうございます」

なぜか笑われたが、給金が増えることに素直に喜んでいると、ふいにセドリックが立ち止まって振り返った。その浮かない表情に戸惑ったように見返す。

「後ろめたいんだ？　君の意思を無視して攫《さら》おうとした男なのに」

「それは……。婚約者に逃げられてああなったと思うと、同情してしまうと言いますか……」

「君に黙って付け回したり、絵を描き散らしていたのはどうでもよくなるくらいに？」

「――そんなことはありません。一体、なんなんですか。突然人の揚げ足を取るようなことを言い出して……」

嫌みな言葉にむっとして、セドリックを睨みつけると彼は気まずそうに顔をそむけた。そのまま再び歩き出す。怒っているのかなんなのか、きびきびと歩いていくその背に憮然《ぶぜん》としたまついていくと、セドリックが肩で大きく息をした。

「殿下？」

「――気を悪くさせたら、ごめん。僕の一方的な感情なんだ」

歩調がわずかに緩み、セドリックが肩越しに振り返る。もの言いたげに揺れる翡翠《ひすい》色の双眸《そうぼう》に、引き込まれるように魅入った。

「君があの騎士に囚《とら》われているのを見た時、僕は怒りと一緒に嫉妬《しっと》したんだよ」

「え……？」

思わぬ言葉に理解が追い付かず、ただ首を傾げる。

「あの騎士のように、アメリアに触るな、と思ったんだ。――別に君は僕のものというわけじゃないのに、嫉妬するなんてね」

皮肉げに笑ったセドリックが、思わず立ち止まったアメリアを置いて先に行ってしまう。その背中が少し遠ざかると、ようやくアメリアは思考が動き出した。

(ええと、殿下はどうされたの？　どこかで頭をぶつけたの？　嫉妬？　僕のもの？　――うん、きっと疲れているのか、幽霊に乗っ取られて言わされているのよ)

だから自分もこんなに動揺して、赤面することはないのだ。

ばくばくと激しく鼓動を打ち始めた心臓の辺りを押さえながら、兄さんがここにいなくてよかった、と思いつつもアメリアは慌ててセドリックの後を追いかけた。

第四章　時の目覚めと逃走劇

朝の使用人用の食堂は戦場である。

多少の時間の差はあるものの、大体の者がそう変わらない時間に朝食をとりに訪れるのだ。席と食事の確保は食うか食われるかの争奪戦だった。

今朝の席確保に敗北したアメリアは、支給された食事のトレーを持って友人のグレースと共に使用人宿舎棟が立ち並ぶ中庭へと出ていた。

「――男の方に、自分のものじゃないのに嫉妬《しっと》した、とか言われるのは、どういう心境からだと思う？」

夏野菜のスープを完食したアメリアがそう呟《つぶや》くと、傍《かたわ》らの友人が驚いたように顔を覗《のぞ》き込んできた。

「それはどなたから言われたの？　どういう状況で？　もっと詳しく教えてくれないと、答えようがないわ」

「す、すごい食いつきようね」

初めの頃《ころ》に比べてずいぶんと積極的になってきたグレースが、目を輝かせてずい、と迫ってくる。あまりにも興味津々《きょうみしんしん》といった様子にアメリアは笑ってしまった。

セドリックの私室等がある西棟の客室から宿舎に戻ってきてから一週間が経《た》っていた。あれからセドリックは思わせぶりな言葉を繰り返すわけでもなく、今まで通りに普通に接してくれている。ただ、あの時のように時折、もの言いたげな視線を向けてくることがあるが。

あの言葉はどういうことなのか、考えても答えが出るわけでもなく、かといってセドリック本人に聞けるわけでもなく、悩みに悩んだ末、グレースの意見も聞いてみることにしたのだ。

「もちろんよ。相談してもらえて嬉《うれ》しいし、友達の恋の相談なら、私でよければいくらでもものるわ」

「ええと、ちょっと待って。まだ恋だと決まったわけじゃないと思うんだけれども……」

頬《ほお》を上気させてうっとりとしているグレースに、アメリアは水を差すのも悪いと思いつつもそう口にすると、友人はきょとんとした。

「違うの？　嫉妬もそうだけれども、自分のもの宣言されるのは、よほど好きでないとしないと思うのだけれども……。アメリアも気になるから、私に相談してきたのでしょう？」

「う……。それはそうなんだけれども……」

もごもごと言いごもって、手持ち無沙汰《ぶさた》にパンをちぎる。

「でも、いくら最近は身分制度が緩んできていて身分差結婚も出てきているとはいっても、わたしには身分不相応よ。そんな相手に恋なんかしないわ」

セドリックは王弟で神官だ。神官が妻帯することは認められてはいるが、それにしても子爵令嬢では身分が少し釣り合わない。どうしても尻込《しりご》みしてしまう。

ぐむ。

グレースが驚いたように軽く目を見開いた。そのことにはっとなって、気まずそうに口をつぐむ。

(これ、相手が王弟殿下だって、気付かれた?)

セドリックはまだあまり評判がよくない。反応が怖くてそちらを見れないでいると、グレースは少しだけ黙ったかと思うと、パンを持っていた手ごと勢いよく両手を握りしめてきた。

「素敵! 身分差恋愛なんて、素敵だわ」

恍惚《こうこつ》とこちらを見つめてくるグレースに、ちょっとだけ唖然《あぜん》としたが、それでも次第に笑いがこみ上げてきた。いい悪いにも関わらず、何を聞いても彼女はきっと頭ごなしに否定などしないのだろう。そう思うと、救われた気分になる。

グレースはひとしきり騒いでいたが、しかし我に返ったように手を離して肩を落とした。

「――私ったら、ごめんなさい。軽々しく素敵だなんて。アメリアは悩んでいるのに」

「いいのよ。そう言ってくれた方が気が楽だから」

若干手の中で押しつぶされたパンを口にしながら、感謝の言葉を言うと、グレースは頬に手を当てて難しい顔をした。

「でも、そうなると、たしかに悩むわね。身分が下の可愛《かわい》い侍女をからかってみたいとかいう、質《たち》の悪い悪戯《いたずら》の可能性もあるもの」

「悪戯……なのかしら……？」

ここのところよく向けられるもの言いたげな視線がわずかに熱を帯びているような気がするのは、自惚《うぬぼ》れだと自分には言い聞かせているが、言葉を合わせるとどうしても考え込んでしまう。

「アメリアはどう思っているの？　もし恋をされているとしたら、どうしたいの？　身分不相応だとかそういうことは少し置いておいて」

グレースのもっともな質問に、アメリアは大きく目を見開いた。

「そんなこと……考えていなかったわ」

セドリックの意味深な発言に、おろおろとしていただけだ。改めて自分がいかに混乱していたかがよくわかる。

「じゃあ、嬉しい？　それとも嬉しくない？」

簡単な言葉に言い直されて、アメリアはじっと手を見下ろした。

アメリアのおかしな力を必要だと言ってくれたのは、セドリックが初めてで、救われた気がした。本当は優秀なのに周囲にはそう思われず、大変な思いをしているセドリックだというのに、あまりその苦労を見せないのは尊敬する。セドリックに騎士から庇《かば》われた時、騎士の抱擁は嫌だったのに、セドリックの腕の中は安心した。そんなセドリックから好きだと言われたらどうだろう。

「――嬉しいことは嬉しい、かも」

囁《ささや》くように小さな声で口にした途端、一気に顔が熱くなった。

恋と呼べるほどのものではない淡い気持ちなのかもしれないが、それでも想像すると動悸《どうき》が激しくなった。同時に胸が苦しくなって、振り払うように言葉を吐き出す。

「ええと、でも、はっきりと言われたわけでもないし、一度言われただけであとは何もないし、本当にそうだってわからないから、考えても仕方がないというか。勘違いの可能性も」

「それならお相手が心情を言いやすくすればいいのよ。身分が高い方だと難しいかもしれないけれども、例えば食事に誘う、とか」

「え……？」

据わった目でこちらを見つめてくるグレースに、ぎょっとする。

（こ、こんな子だったかしら……？　ちょっと鬼気《きき》迫っていて怖いんだけど）

身を引いたアメリアにずい、とグレースが迫ってきた。

「思わず心を打ち明けてしまうような状況に持っていけばいいのよ。アメリアが嬉しいと思うようなお相手なら、それほど悪い方じゃないのよね？　それだったらこんな玉の輿《こし》――いえ、いいご縁を逃《のが》したら駄目よ。もし相手がなんとも思っていないのなら、次へさっさと行かないと」

がしりと肩を掴《つか》まれて、真剣な表情で訴えてくるグレースの常なら口にしないであろう言葉に、アメリアは不審げに彼女を見据えた。

「何かあったの?」

「……お父様が、いい結婚相手が見つかったか、と催促してくるの。一年もいるのだから、そろそろいないのか、って。そんなに簡単にはいかないわよ……」

疲れたようにがっくりと肩を落とすグレースに、そうとう実家からせっつかれているのが目に見えてわかって顔を引きつらせた。

下級貴族にとっては王宮への出仕はお見合いの場と同じようなものだ。幸い自分は両親からそんなことを言われたことはないが、大半の貴族の子女はグレースと同様に少しでもいい縁を掴むために必死になるのだろう。

「兄さんを紹介しようか?」

「嬉しいけれども、競争率が高いから色々と恨まれそうで怖いわ。あなたが嫌がらせされていたのも、それが原因だもの。初めの頃はあなたのお兄様だって知られていなかったから、親しそうなのをみんなやっかんでいたのよ。オルコット秘書官は顔立ちも素敵だし、優秀だから女王陛下もお気に入りだもの」

「へ、へえ、そんなことが原因だったの」

思わぬ事実に、アメリアは苦笑いをした。やはり色恋沙汰《いろこいざた》は自分にはよくわからない。

(兄さん……、血を見る前にさっさと婚約者を決めた方がいいわよ)

セドリックにもそんな騒動があるのだろうか、とふと思ったがあまり深く考えたくなくて、慌てて頭から追い出した。

＊＊＊

ガラクタ屋敷。

ダウエル伯爵邸は人々からそう呼ばれていた。その屋敷の一室で、セドリックは文字通り素人目《しろうと》にはガラクタにしか見えない様々な形の金属や部品を前に、深々と溜息《ためいき》をついた。

「――バージル、君の言っていた通り、湧《わ》いたよ、罪悪感」

目の前で歯車をルーペで観察しているバージルに向けて、セドリックは自嘲《じちょう》気味に笑った。

「ほー、ようやく湧いたのか。それで？」

「少し前の僕の首を絞めて埋めたい。今朝はアメリアの様子が少しおかしかったし」

細かな部品が散らばる机に頭を抱えて突っ伏しかけて、直前でやめる。危うく流血沙汰《ざた》になるところだった額を押さえると、バージルは歯車から顔を上げた。

「それじゃ、ようやく認めるのか」

面白がるようなバージルを嫌そうに見ながらも、躊躇《ためら》いもせずに頷《うなず》く。

「好きだよ。アメリアが。他《ほか》の男に持っていかれそうになってようやく自分の気持ちに気付くなんて、馬鹿《ばか》としか言いようがないよ」

今思えば、おそらく初めからその傾向はあったのだろう。なにせ、彼女だけが自分の悩みを解消できたのだから。

「しかも攫《さら》われそうになったすぐ後だっていうのに、嫉妬したとか言ったんだよ？　それは当然警戒するよね。なんとなくよそよそしい」

「あー……まあ、なあ……」

好意が行きすぎれば恐ろしいものなのだと知ったばかりの彼女にそんなことを言えば、怖がられるのは必至《ひっし》だ。

「利用から始まっているのに、これでどうして本気だと信じてもらえるんだ。僕のことを気にかけてくれるのだって、仕事に対しての義務感と責任感からくるものだからね」

「たしかにそれで上司からいきなり好意を向けられても、困るよな」

「それなんだよ。しかもまだ英雄の封印のこととか他にも色々と言えないことがあるし、できれば協力してほしいと思っている。危ないことがわかっているのにね。どうしようもないよ」

立場と義務を考えれば仕方がないのだが、危険がはらんでいるのだから、できれば関わらせたくない。

「どうしても巻き込まなければならないのなら、できるだけ安全な状況に持っていきたいけれども……。だからどうかな、その時計」

身を乗り出すようにして、バージルが手にしている歯車やその前に散らばった金属の部品を眺める。これらはすべて聖堂の大時計の部品だった。

アメリアが時計に黒い茨《いばら》がついているのを見た、と訴えてきたのでノエルに来歴を調べさせたところ、とんでもない事実が発覚したので、急遽《きゅうきょ》ばらしてバージルに調べてもらっている。

「これと言って特にないな……。ただ、この時計の針だけはちょっとおかしいぞ」

「ああ、それか。珍しいよね、剣を針代わりにするなんて」

少し曇《くも》ってはいるもののこの形状は剣だ。それが加工されて針代わりになっている。

「この形は、おそらく英雄の時代の物だけれども……。まさかこの剣に英雄が封印されている、とかいうことはないよね？」

いかにもといったような感じだが、ノエルが調べてきた時計の由来が頭をよぎって、どうしても考えてしまう。

「英雄を封印した神官が寄贈した時計、なんて疑ってくれ、と言っているようなものだし」

神官が作らせ、それからずっと聖堂にあるというのだ。なぜ誰《だれ》も気にしなかったのだろう。

「どうだかな。入り組んでいるように見えるものほど、実は単純、とかあるしな」

難しい顔をするバージルに、セドリックは一つ嘆息《たんそく》して立ち上がった。

「とりあえず僕は帰るよ。あまり一人で出歩くと、また悪霊をくっつけそうだしね。引き続き、時計を調べてくれるかな」

そう頼んだセドリックに、バージルが片手を上げて答えたのにひらりと手を振って、注意深く周囲を見回してから屋敷を後にした。

＊＊＊

「お、お帰りなさいませ」

夕方、バージルの屋敷から帰ってきたセドリックを、アメリアは緊張しつつ迎えた。

「ただいま。……ええと、どうかした？」

がちがちに体を強張《こわば》らせていたのに当然気付いたのだろう。セドリックが笑顔を少しだけ引きつらせて問いかけてくるのに、アメリアは慌てて首を横に振った。

「いいえ、どうもしないので元気です。――悪いものがついていないか、確認しますね」

言葉が少しおかしいことにも気付かずに、アメリアは不可解そうなセドリックを促して彼の私室に入ると、いつもセドリックが外出から戻ってきた時にしているように、体の周囲をぐるりと見て回った。

かすかに頭の上に靄《もや》がかかっているのに気付いて手を伸ばしかけ、ぴたりと動きを止める。

(言うなら今？　え、でも、唐突すぎる？　どうなの？)

グレースに乗せられたわけではないが、このまま悶々《もんもん》と悩んでいるのも嫌なので、勇気を出してセドリックからあの言葉の真意を聞き出すことに決めた。グレースには相手の方から言ってもらえるようにすればいい、と提案されたがそれほど口がうまくはないので、食事しながら聞き出そうと思い、機会を窺《うかが》っている。ただ、いざ誘おうとすると緊張してしまい、今朝から挙動不審《きょどうふしん》な行動をしてしまっていた。

「ああ、ごめん。頭にでもついていたかな」

アメリアが固まっているうちに、届かないのかと勘違いしたセドリックが身をかがめてくれた。

「失礼します……」

おずおずと手を伸ばして柔らかな髪に蜘蛛《くも》の巣を被《かぶ》ったかのように広がる靄をそうっと払い落とす。手をどかそうとしたアメリアは、セドリックが嬉しそうに微笑《ほほえ》んでいるのに気付いて、どきりとし、急いで手を引っ込めてしまった。そのまま後ろ手に自分の手首を掴んで後ずさる。

「アメリア、その……僕は何かをしたかな」

じりじりと後ろに手をやったまま後ずさるという自分でもどうかと思う行動に、セドリックが再び疑問をぶつけてくる。

「してないですっ。大丈夫です！　ですので、よければわたしのご飯を食べませんか!?」

勘違いをさせたくない一心で、一息に言い切ると、セドリックは面食らったようだったが、すぐに表情を輝かせた。

「いいの？　この前味見させてもらった君の料理は美味《おい》しかったから、もう一度ふるまってもらえるなんて、嬉しいよ。君から嫌われているかと思っていたから……」

あまりの喜びように、ぽかんとしていたアメリアは、ようやく事態を飲み込んで蒼白《そうはく》になった。

「あの……、今わたしなんて言いました？」

「え？　よければわたしのご飯を食べませんか、って言っていたけれども、違った？」

怪訝《けげん》そうなセドリックに、アメリアは片頬をひくつかせた。

(違うんです、それ、わたしとご飯を食べませんか、って言いたかったんです！　……ってまだ訂正……言えないっ)

期待に満ちていたセドリックの目がわずかながら残念そうな色を帯びているのを見て、ぐっと胸が痛んだ。セドリックの喜びようを見てしまっては、訂正することもできず、アメリアはただ笑みを浮かべた。

「いいえ、間違っていないです。簡単なものしか作れませんけれども、何か食べたいものとかありますか？」

どんどんと墓穴《ぼけつ》を掘っていくのを止められないまま、アメリアが内心で頭を抱えていると、何かを考えていたセドリックがにっこりと笑った。

「サンドイッチがいいな。それを持って、これからちょっと出かけよう」

「今からですか？　でも、今夜の殿下のお食事はもうご用意されていると思いますけれども……。無駄になってしまったら、もったいないですし」

もうすでに夕方だ。驚いて聞き返すと、セドリックは眉《まゆ》を下げた。

「ああ、そうか、そうだね。……それなら、急な予定変更でも無駄にならないか確認するよ。それで大丈夫そうなら出かけよう。どうかな？　作るのは難しい？」

「いえ、サンドイッチなら材料さえあればすぐに作れますけれども、どこに出かけるつもりですか？」

「僕が息抜きをしていた場所だよ」

セドリックから返ってきた思わぬ言葉に、アメリアは首を傾《かし》げつつも静かに頷いた。

準備をしてこようとセドリックの部屋を辞したアメリアは、扉を閉めるなり大きく息を吐いた。

「き、緊張した……」

セドリックを食事に誘うだけで、こんなに緊張するとは思わなかった。予想外にも手料理を持って出かけることになってしまったが、なんとなくそれはそれで嬉しい。

少しだけ浮かれた気分でセドリックの私室がある三階の階段を下りかけたアメリアは、ふとその気分を忘れてしまうようなものを目にして、思わず足を止めた。

「え……」

目を見張って、それを凝視する。

人の頭ほどの大きさの、ずんぐりとした犬に似た動物。犬にしては短い鼻づらと、丸い耳、ふっくらとした尾が可愛らしいそれが、自分の身長と同じほどの段を一生懸命に登ってきていた。

(たぬきの自動人形!?　執務室の棚の上にあったのに、どうしてあれが動いているの!?)

バージルが完成したから置いていったと、セドリックが言っていたものだ。

アメリアは声を上げかけてとっさに口元を覆《おお》った。そんなアメリアに気付いているのかいないのか、たぬきはアメリアのすぐ横を登っていく。

唖然として見送ってしまったアメリアは、階段を登り切ったたぬきが視界から消えた途端に、慌てて追いかけた。

廊下に出ると自動人形とは思えない素早い動きで駆けていくたぬきが見えて、その向かう先にはっとした。あの先にはセドリックの私室がある。わけのわからないものを私室に入れるわけにはいかない。

「そっちは駄目よ！」

張り上げた声に驚いて、たぬきの自動人形が飛び上がる。そのまま逃げ出すかと思えば、予想外にも一目散にこちらに駆けてくると、あろうことかアメリア目がけて飛びかかってきた。

「ええっ!? なんでこっちに来るのよっ！」

思わず後ずさったその足元ががくんと階段から外れた。

(殿下と出かけるのに浮かれて階段から落ちた、とでも思われたら恥ずかしすぎる！)

転がり落ちてなるものかと、壁に手をついてどうにかこらえる。

ほっとしたのも束の間、たぬきの姿を探して辺りを見回したアメリアだったが、すでにその丸い体はどこにも見当たらなかった。

「なんだったの……？」

呆然《ぼうぜん》とした呟きは、誰もいない廊下と階段にむなしく響き渡った。

＊＊＊

暮れたばかりの空のような濃紺のフロックコートを纏《まと》って執務室に入ってきたセドリックに、

アメリアは思わずぽかんと口を開けてしまった。

思いのほか出かける準備に時間がかかり、窓の外にはすでに夜闇が広がっている。

「え、あの、どこかおかしいかな？　そんな驚いた顔をして……」

焦ったように自分の姿を見回すセドリックに、口を閉じたアメリアは慌てて首を横に振った。

「そんなことはないです。いつも神官服なので、ちょっと驚いてしまって……。で、でもお似合いです」

そう言いながら、いつもと違う装いを直視できずに、照れたように視線をそらしてしまった。

煌《きら》びやかな神官服はセドリックの気位の高そうな顔立ちに似合っていたが、地味な色合いのフロックコートは近寄りがたい雰囲気を少しだけ和《やわ》らげてくれていた。

(神官長じゃなかったら、こんな感じだったのよね)

学生の頃はさぞやもてていたに違いない。もし自分がそこにいたとしたら、違う世界の人、と思い込みおそらくかけらも興味を抱くことなく、過ごしていたに違いない。ますます今の状況が不思議だ。

セドリックの夕食の準備はされていたが、必要なければ使用人にふるまうので無駄になることはないと言われ、結局アメリアの手料理を持って出かけることになった。慌ただしく厨房《ちゅうぼう》でサンドイッチを作らせてもらい、身なりを整えたのだが、こうなってくると自分の料理も服装も急に不安になってきた。

「そういう君もいつもお仕着せだから、普通のドレス姿はなんだか新鮮だな。可愛い、よく似合っているよ」

セドリックが褒《ほ》めてくれるのに、ますます照れてしまい、そちらを見られなくなる。

(可愛いのはドレス！　ドレスだから、真《ま》に受けたら駄目よ)

王都へ来る前に誂《あつら》えた普段着用の若草色のドレスは、控えめなレースと胸元に一つだけ飾った濃い緑のリボンがとても気に入っている。似合うのかどうかはわからないが、褒められるのは素直に嬉しい。

ふいにそこへ咳《せき》払いが割り込んできた。

「互いに褒め合って照れ合っているのはもういいですから、さっさと出かけて、あまり遅くなる前に帰ってきてください。万が一、朝帰りにでもなるようでしたら、本気で故郷に帰しますので、そのおつもりで」

いつもながらの無表情で淡々と言ってのけたのは、ノエルだった。さすがに黙って出かけるわけにはいかないのでノエルに伝えると、反対するかと思いきや、渋々ながらも出かける許可を出してくれた。

「はいはい、わかったよ。あまり急《せ》かさないでくれるかな」

セドリックが苦笑しつつ、アメリアが急いで作ったサンドイッチが詰められたバスケットを持ち上げる。

「あの、でも本当に出かけても大丈夫ですか？　たぬきの自動人形が行方《ゆくえ》不明ですし……」

気がかりそうに自動人形が置いてあったはずの棚の上に目を向ける。あれから執務室に戻ると、やはりたぬきの自動人形は跡形もなく消えていたのだ。

「さっきも説明したけれども、時々、あるんだよ。幽霊の悪戯で物が浮遊したり、隠されたりすることがね。だからあまり心配しなくてもいいよ」

セドリックがなんでもないことのように頷く。

たぬきの自動人形が動いていた、と慌てて報告したアメリアに対し、セドリックは今のように落ち着いてよくあることだと口にした。

再びセドリックに宥《なだ》められたアメリアだったが、それでも内心首を傾げる。

(でも、ただ浮かんでいる、っていうより、ちゃんと歩いていたような気がするけれども……)

だが、あの時は驚きすぎていたから、もしかしたら歩いているように見えたのかもしれない。

納得させつつ、荷物を持ってくれるセドリックの代わりに扉を開こうと取っ手に手をかけたアメリアは、ふと動きを止めた。金属の取っ手を通して、扉が細かく揺れているのを感じる。

奇妙な感覚に考え込んでいると、それに気付いたセドリックが声をかけてきた。

「どうかした？　そんなに扉を見つめて」

「あの……、殿下、ちょっと扉から離れていてください。兄さん、そこのモップを取ってくれる？」

近寄ってこようとしたセドリックを制し、いつも執務室に常備してあるモップを兄に取ってきてもらう。

「なにかいるの？」

「わかりません。ちょっとおかしな気配がするので、念のため」

悪霊や瘴気《しょうき》の類《たぐい》なら、きっとすでに室内に入り込んでいる。入ったところでアメリアにすぐ消されるだけだ。

「アメリア、俺《おれ》が開ける。お前は殿下の側《そば》にいろ」

モップを手渡してくれた兄に頷いて、アメリアは聖水瓶《びん》を手にするセドリックの側に立った。

それを確認したノエルが、一つ頷いてゆっくりと扉を開ける。

次の瞬間、何かが真っ直《す》ぐに飛び込んできた。とっさにセドリックの前に出ようとしたアメリアは、ぐいと肩を抱え込まれて横によろめいた。

ガシャン、と背後の窓が割れる音がする。

「え……？」

首を巡らしてそれを確認しようとしたアメリアは、さらに飛んできた何かの気配も、セドリックに引かれて避《よ》ける。壁にごつりと当たったのは、一抱えほどもありそうな花瓶で、背筋が冷えた。

「ノエル！　扉を閉めろ！」

「やろうとしていますが、何かが引っかかっていて……」

セドリックが声を張り上げたが、その間にも色々な物が廊下から飛んでくる。花瓶や食器、燭台《しょくだい》といった、ぶつかったら怪我どころでは済まないような物から、クッションや枕《まくら》、果ては誰の物なのかわからないウサギのぬいぐるみまで、ありとあらゆる物がこちらに襲いかかってくる。

セドリックに庇われながら避けていたアメリアは、兄が必死で閉めようとしている扉の向こうの廊下に丸い人の頭ほどの大きさの自動人形を見つけて、はっとした。

「さっきの……たぬきの自動人形!!」

アメリアが声を上げると、たぬきの自動人形はやはり驚いたように飛び上がり、またもやアメリア目がけて飛びかかってきた。それと同時に、室内にあったカウチやテーブルまでもがふわりと浮き上がった。

(あ、潰《つぶ》される！)

セドリックをとっさに突き飛ばしたアメリアが身構えた時、唐突に胸元から黄色い光が溢《あふ》れ出した。その光の出どころが、祖母からもらったお守りだと気付いて、息を飲む。

光に触れたテーブルがそのまま床に落下する。かろうじて黄色い光に触れなかったたぬきの自動人形は、ぶるりと怯《おび》えたように身を震わせると、今度は脱兎《だっと》のごとく逃げ出した。その途端に、雨のように飛んできていた様々な品物が一斉に床に落ちる。

「待ちなさい！」

「アメリア！」

助かった理由を考えるのももどかしく、アメリアはモップを片手に、セドリックがぎょっとしたように引き止めるのにも構わずに廊下に飛び出した。

がちゃがちゃと音を立てて、それでも自動人形とは思えない速さで廊下を逃げていくたぬきの後ろ姿を、憤然《ふんぜん》と追いかける。

（あれ、なにかが憑《つ》いている！）

さっきは勝手に動いていたことに驚きすぎて気付かなかったが、丸い体をうっすらとした白い膜《まく》のようなものが覆っている。悪霊だかなんだかよくわからないものが憑いているに違いない。人以外の無機物に憑いたのを見るのは初めてだ。

夜間の西棟はよほどのことがない限り、一部の人々を除いて立ち入りが禁じられている。憑かれたセドリックが何をやらかすのかわからないのでそうしているそうだが、その人気《ひとけ》のなさがこれほどありがたいと思ったことはなかった。

誰ともすれ違うことなく、飛ぶように駆けていくたぬきの自動人形を追いかけていく。時折花瓶やら、ペンやら、インク壺《つぼ》やらが飛んできてひやりとしたが、それでもめげずに追いかけた。

るわ）

（あの人形、どうしてあんなに速いの⁉　ダウエル様がすごいのはわかったけど、恨みたくな
バージルの腕がいいのか、滑《なめ》らかに動く様はまるで生きているかのようだ。

ふいに背後から追いかけてきていたセドリックが、アメリアの横に並んだ。

「あれって人間に憑くように、なにかがたぬきの自動人形を乗っ取っているよね。幽霊の姿とかは見えないんだけれども」

「多分、そう、です」

息切れもせずに問いかけてくるセドリックに、切れ切れに答える。兄はどうしたのだろう。できるならセドリックにはついてきてほしくなかったが、そんなことを言っていたらまた見失ってしまう。

階段を駆け下りて一階に下りると、たぬきの自動人形は開いていた窓から外へと飛び出した。庭に出て、誰かに見つかったら騒ぎになってしまう。

「ちょっと、待ちなさいよ！」

「もし憑かれたら、頼むよ」

あたふたと窓枠をよじ登ろうとして手こずっていると、セドリックがそう一言口にして軽々と窓枠を乗り越えて庭へと降り立った。

雲間から差し込む月明かりに照らされた庭園を逃げていくたぬきの自動人形と、それを追い

かける王弟殿下という奇妙な光景に、アメリアは脱力しそうになったが、それでも必死で窓を乗り越えると、セドリックたちを見失ってしまったことに気付いた。

肩で息をしながら、周囲を見回す。

セドリックを呼ぼうとして息を吸いかけたアメリアは、遠くで響いた大きな水音に、弾《はじ》かれたように走り出した。

(あっちの方向には噴水があったけど……。まさか落ちた？)

それがセドリックではないことを祈りつつ、慌ててそちらへと駆けていく。庭木の間を抜けて、いつも宿舎と西棟を行き来する際に横を通りすぎる黒い水が噴き出している噴水にようやく辿《たど》り着くと、縁から半《なか》ば身を乗り出すように中を覗き込んでいるセドリックを見つけて、凍《こお》り付いた。

「殿下！」

蒼白になりながら近寄ると、落ちたと思っていたセドリックが折っていた腰を伸ばした。その手には、ずぶ濡《ぬ》れになったたぬきの自動人形が捕らえられている。憑かれないで済んでいることに心の底から安堵《あんど》したが、次いで沸き上がってきた怒りにつかつかと歩み寄った。

「ようやく捕まえたよ」

こちらに気付いたセドリックが得意げに差し出してきた人形は、動かなくなったというよりも観念してぐったりとしている、と形容できたが、アメリアはそれにも目をくれずに、セドリックを睨《にら》み上げた。

「どうして追いかけてきたんですか！　憑かれたら頼むって……。自分から危険に飛び込まないでください」

「それは君も同じじゃないか。あっという間に追いかけていって。前にも言ったよね？　君の浄化能力は強いかもしれないけれども、その他は一般女性と変わらないんだよ。騎士の件で身に染みたはずじゃないか。それに夜は僕が多少のことで騒いでも、誰も助けには来ないよ。そういうものだと周知されているからね」

それを言われてしまっては言い返す言葉もない。ぐっと押し黙ったアメリアは、それでも謝ることは癪《しゃく》で、それには答えずに手を差しだした。

「自動人形を渡してください。まだ白い膜に覆われていますから」

白い膜だとセドリックは憑かれないのだろうか。不思議に思いつつも受け取ろうとした時、たぬきの目がなんの前触れもなくかっと開いた。かと思うと、セドリックの手を振り切り、アメリアに体当たりしてきた。

「えっ!?」

避ける間もなくぶつかり、そのまま横倒しに黒い水が噴き出す噴水に頭から落ちる。

水音が聴覚を支配し、冷たい水が体を包み込む。驚いて目を瞑《つむ》った瞼《まぶた》の向こうに、ふっと光がよぎったような気がして、アメリアはとっさに目を開いた。真っ黒い水で満たされた噴水の底で、先ほどと同じようにお守りが発光する。

(これ……)

光に触れようとしたその時、がつん、と頭に衝撃が走り、アメリアはそのまま意識を手放した。

＊＊＊

甘い薔薇《ばら》の香りを含んだ風が頬を撫《な》でて、アメリアはふっと目を開けた。

昼間なのか、辺りは明るく、目の前にはコの字を描くグラストルの王城が建っている。なぜかその城壁が幾分か新しいものに見えるのは気のせいだろうか。

(え、なに、わたしどうなったの?)

混乱しつつも座っていた東屋《あずまや》の椅子《いす》から立ち上がろうとして、立ち上がれないことに気付く。さらに指の一本さえも動かせないことがわかり、アメリアはなおさら焦った。

「シーラ」

ふいにそんな声が耳に届き、アメリアは意思とは関係なくそちらに顔を向けた。

一人の青年が東屋を隠すように咲き誇る薔薇の茂みを抜けて、こちらにやってくるところだった。強い意志の宿る緑色の双眸《そうぼう》に、黒味が強い茶色の髪。どこか鋭い剣を思わせるその青年に、アメリアは息を飲んだ。

(誰、だったっけ……。どこかで見た覚えが……。それにこの声も)

自分であって、自分ではない人物が青年に微笑みかけるのがわかった。立ち上がろうとして、側にやってきた青年が、愛《いと》おしげな視線を向けて頬に触れてくる。

「あの縁談は断った。だからお前が気に病《や》むことはない。俺はお前を異端だとは思わないから、安心して側にいてくれ」

一転して苦しそうな表情になる青年に、アメリア自身の感情とはまた別の感情が浮かんだ。諦《あきら》めと苦悩、そうして溢れるほどに柔らかで暖かな気持ち。

「はい、――――様」

泣きたくなるほどに痛む胸を押さえて、愛おし気に彼の名を呼んだ声は――聞こえなかった。

「アメリア！」

はっと目を見開いたアメリアの視界に飛び込んできたのは、今にも倒れそうに蒼白になったセドリックと、眉間《みけん》に皺《しわ》を寄せて自分を抱き起こしている兄の姿だった。なぜそんな表情をしているのかわからずに、戸惑ったように目を瞬く。

「殿下？　兄さん……？」

自分でも驚くほど細い声で二人を呼ぶと、セドリックがくしゃりと顔を歪《ゆが》めて兄からアメリアを奪うようにしてきつく抱きしめてきた。

「よかった……」

首筋に当たるセドリックの髪が濡れている。ぐっしょりと濡れた服が重く、アメリアはようやく何があったのか思い出した。

「噴水に落ちて……。あっ、たぬき！　たぬきはどうしましたか!?」

「そんなことはいい!!」

いつも穏やかなセドリックの、聞いたことのない怒声に、アメリアはびくりと肩を揺らした。

アメリアの反応に我に返ったのか、セドリックが小さく息を吐いた。

「君は頭を打って意識がなかったんだよ。さすがに、気が気じゃなかった」

意識がなかったのはほんのわずかな間だったのだろう。それでもセドリックにとっては血の気の引く思いだったのか、抱きしめられた腕の力は緩まない。

兄が安堵のにじむ溜息をついた。

「噴水に落ちたお前を殿下が引き上げてくれたんだぞ」

「すみません……」

アメリアは心配をかけさせてしまったことが申し訳なくて、今度こそ素直に謝ると、セドリックはようやく腕を解いてくれた。

「僕のほうこそ、ごめん。どこか痛いとか、苦しいとかはない？」

「大丈夫です。あの、助けていただいてありがとうございます」

アメリアの濡れた髪を梳《す》くように後ろにやるセドリックに礼を言うと、彼は柔らかく笑ってくれた。

「うん、大事がなくてよかったよ。――あと、君を噴水に突き落としたたぬきだけれどもね、そこにいるよ」

セドリックに示されるままにそちらを見ると、エディオンが人の頭ほどの大きさの革袋を恐々と持って立っていた。その革袋が激しく揺れているのに、驚いて口をぽかんと開ける。

「神官長！　これ、アメリアさんが目を覚ました途端に、また暴れ出しましたよぉ！」

「そのましっかり持っていてくれるかな。逃がしたら、一晩僕の部屋の前で当直してもらうからね」

「嫌ですよ！　絶対に神官長目当ての霊が寄ってくるじゃないですかぁ……」

半ば泣きべそをかくエディオンを気の毒そうに眺めながら、アメリアはセドリックの袖《そで》を引いた。

「あの袋って、なにか特別な物なんですか?」

「いや、どこにでもある普通の革袋だよ。エディオンが聖水瓶を詰め込んで持ってきていた袋だったんだ。ノエルが僕たちが部屋の外へ出た後に、すぐにエディオンを呼びに行ってくれたから、助かったよ」

なるほど、それで兄がすぐに追いかけてこなかったのだ。アメリアが納得していると、兄は少しだけ悔しそうに溜息をついた。

「私は霊を目視することが不可能ですので、エディオン殿を呼びに行った方が役に立つと思ったまでです」

「そうだね。実際助かったよ。アメリアを助けて、すぐに自動人形を追いかけたけど、エディオンが来なかったら危うく見失うところだったからね」

照れ隠しなのか、淡々と言い放つノエルに苦笑したセドリックが、エディオンの持つ動く革袋に目を向けた。

「でもエディオンが聖水をかけて、聖句を唱えたけれども、消えないんだよ」

「消えない……?」

不可解そうに首を傾げていると、セドリックが気を取り直すように嘆息した。

「うん。——ともかく、一度戻ろう。服も濡れたままだから、着替えないとね。せっかく可愛かったのに、台無しだ」

セドリックはそう言うや否や、座り込んでいたアメリアの膝裏《ひざ》と背中に手を回したかと思うと、難なく抱き上げた。セドリックの水に濡れて薄くなった服を通して体温を近く感じる。アメリアは一気に頭に血が上ってその胸を押し返そうとした。

「じ、自分で歩けます！　それか兄さんに……」

「それだとノエルが濡れるよ。いいから、このまま行かせてほしい。僕が心配なんだ」

眉を下げて言われてしまい、アメリアは押し負けて観念したように暴れるのをやめた。

（この前、肩に担《かつ》がれた時には苦しかったけれども……。抱っこされるのも恥ずかしい！　世の女の人たちは体重が気にならないの？　重たいとか思われていたらいたたまれない！）

必死であまり深くは考えないようにしようと、別のことに意識を持っていく。

「――お出かけ、できなくなってしまいましたね」

「腹立たしいことにね。でも、また近いうちに行けばいいよ」

「それなら、その時には、もっと手の込んだ料理を用意します」

「本当？　それは楽しみだな」

自分を抱き上げる腕に、少しだけ力が込められる。弾むような足取りになったセドリックに本気で喜んでいるのがわかり、アメリアもまた嬉しくなって目を細めてセドリックを見上げた。

＊＊＊

いつもの神官服に戻ったアメリアは、お仕着せに着替えてくれたアメリアは、いつもの神官服に戻ったセドリックを前に、執務机に乗せられた流麗な筆跡で書かれた文章を不思議そうに見つめた。


「このたぬきの自動人形が書いたものだよ。なんていうか、その……」

「ええと、わたし、ものすごく嫌われていませんか」

困惑したような表情を浮かべるセドリックの腕にかじりつくようにくっついているたぬきの自動人形を胡乱《うろん》げに見遣り、再び文章が書かれた紙に目を落とす。

アメリアが客室を借りて着替えている間に、先ほどたぬきが暴れて荒れていたはずの執務室内は、飛んできた物を端に寄せただけ、といった程度に片付けられていて、書類などは執務机に揃《そろ》えて置いてあったが、そのうちの聖堂の見取り図の裏に、その文章は書かれていた。

『モップを振り回す、がさつで乱暴者の田舎《いなか》娘。わたくしのほうが先にセドリックの側にいたのよ。あなたはただのお掃除女中なんだし、セドリックだってあなたが便利だから、側に置いているだけよ。それなのに勘違いしてセドリックに色目を使うんじゃないわよ、この泥棒猫』

「なんですか、これ」

兄がどこからか調達してきてくれたお仕着せに着替えたアメリアは、
悪口のお手本のように見事な嫌われぶりに、怒るより拍手をしたくなってくる。

「君が着替えている間、静かだったからちょっと袋を開けてみたら、机の上のペンと紙を奪ってすごい勢いで書き上げたんだよ」

自分の腕に縋《すが》りついているたぬきの自動人形をちらりと困ったように見遣ったセドリックが、今度は顔を強張らせて部屋の壁にへばりついているエディオンを見た。兄の姿はどこへ行ったのか、入室した時から見当たらない。

「エディオン、これ、どうなっていると思う？　幽霊が動かしていると思うんだけれども、姿が見えないから中にいるよね」

「知りませんよぉ……。でも、中にいるのは多分、アメリアさんが来る前まで神官長の周りをいつもうろちょろしていたあの少女霊だと思います」

「――やっぱりそうか」

心当たりがあるらしく、深々と溜息をついたセドリックはアメリアに向かって頭を下げた。

「ごめん。読んでの通り君が襲われるのは僕のせいだ。霊が見える僕にちょっかいを出したり、色々と聞いていないことまで囁いてくる霊がいると言っただろう。ほら、君が寝台から落ちたのを報告してきた霊とか。そのうちの一人だ」

セドリックが腕にしがみついているたぬきの自動人形を引きはがし、机の上に置く。そうして逃げ出さないようになのか、その頭に手を置いた。

「見た目はそう、君より幾つか年下の少女の幽霊だけれども、僕のことをよく追いかけ回していてね。でも、君が来てからはあまり見かけなくなっていたんだよ」

「もしかしてわたしが浄化してしまうからですか？」

戸惑い気味に可能性を口にすると、机の上に座っていたたぬきの自動人形が転がっていたペンを取って綺麗《きれい》に整えられていた書類のうちの一枚をひったくるように取ると、猛然と何やら書き始めた。

『そうよ！　あなたが来てから、うっかりすると浄化されるかもしれないから、セドリックにあんまり近づけなくなっちゃったじゃないの！　どうしてくれるのよ』

「……霊って、文字が書けるんですね」

書き殴るように書いているのに、なぜか美しい筆跡という謎《なぞ》の特技を目の前で披露するたぬきの自動人形に、驚きすぎたアメリアは見当違いな感想を口にしてしまった。それにセドリックがくすりと笑う。

「教養がある人間なら、幽霊になったって書けると思うよ」

「神官長……真面目《まじめ》に返答しないでくださいよぉ。それ、明日財務局に提出する書類じゃありませんでしたか？　ノエルが激怒しますよ」

「え？　……そんなものはないよ？」

エディオンの言葉を丸ごと無視してしれっと言い放ち、書類を破り捨てて証拠《しょうこ》隠滅をはかろうとするセドリックの手から、アメリアは慌てて書類を取り上げた。

「と、ともかく、わたしが殿下のお側にいるようになったから、嫉妬したこの……ええとたぬき嬢が――」

『おかしな名前で呼ばないでよ！　わたくしの名前はコーデリアよ。この体のことを言っているのなら、仕方ないじゃない。久しぶりにセドリックの側に行けたと思ったら、面白いものがあって、ついうっかり触ったら、吸い込まれて出られなくなっちゃったんだもの……』

烈火《れっか》のごとく怒っていたたぬき娘――コーデリアが、しゅんと下を向く。

まるで子供のように好奇心旺盛《おうせい》な霊もいたものだ。セドリックがよく言う善良な幽霊、というものは、こういうことなのかもしれない。彼女にとっては災難で申し訳ないが、少し微笑ましくなってしまう。

「ダウエル様は、役に立つものなのか立たないものなのか、ちょっと判断に迷う物を作りましたね」

「まあ、一応幽霊を捕まえることはできるみたいだけれども、聖水をかけて聖句を唱えても浄化できないし、実体化することになるから、それはそれで問題があるよね」

本当に浄化できないのだろうか。

アメリアはじっとたぬきの自動人形――もとい、コーデリアを見つめると、おもむろにその頭に手を置いた。

コーデリアはびくっと大きく体を揺らしたかと思うと、しばらく身動きしなかったが、なにも起こらないことがわかると、アメリアの手を払い落として再び側の書類をひったくった。

『なにするのよ！　消えちゃったらどうするのよ！』

全身を怒りに震わせるコーデリアに、アメリアは払いのけられた手を開閉しつつ首を傾げた。そのまま、室内を見回して部屋の片隅にぼんやりと溜《た》まっていた靄の方へ行くと、アメリアが側に寄っただけであっという間に消え失《う》せた。

「わたしが浄化できなくなったわけでもないようですし、もしかして……、悪霊でもなく、本人が消えたくないと思っているから、浄化できない、ということはありませんか？」

「その可能性もあるのかもしれないけれども、この聖水で清められた金属製の外皮が邪魔になっているということもあるよね。……そうなると、もしかしたら」

セドリックが難しそうに眉間に皺を寄せる。セドリックの言わんとしたことを悟ったのか、エディオンがぽんと手を叩《たた》いた。

「ああ！　これが生身の肉体だとして、完全に悪霊と同化してしまったら、触ってもアメリアさんの浄化力が効かないかもしれない、ってことですね」

「そういうことだよ。取り憑くのは体の周りだからね。悪霊と同化するなんて、めったにない。この前アメリアを襲った騎士だって、乗っ取られてはいたけど同化はしていなかったし」

アメリアは悔し気に唇を噛《か》みしめた。

「わたしの力が役に立たないかもしれないなんて……」

「そんなことはないよ。同化しても聖水と聖句は効く。それでちょっとでも引っ張り出せれば、アメリアだったら浄化できるよ。ただ、そういう場合もあるから、対処として覚えておいてほしい」

「――はい、わかりました」

しっかりと頭に叩き込む。ともかく、聖水は必須《ひっす》だ。

「まあ、実際に遭遇してみないとわからないけれども……。でも、この少女霊に関しては、なおさら鬱陶《うっとう》しいことになったたな」

鬱陶しい、と言われてしまったことにショックを受けたのか、コーデリアがごろんと執務机の上に転がって、しくしくと泣くような仕草をした。

「殿下、なんてことを言うんですか。いくらなんでも言い方があると思います」

文面から察するに、どう見てもセドリックに恋する少女だ。そんなことを言われたら、自分だって落ち込む。思わず慰《なぐさ》めるようにその頭を撫《な》でようとしたが、やはり邪険に払いのけられてしまった。

「君はお人よしだよね。ついさっき危ない目に遭わされたばかりなのに、同情するなんて」

眉間に皺を寄せて不満げに言い放つセドリックに、そういうことを言っているのではないと言い返そうとしたアメリアは、執務室の扉が開いたことに振り返った。

「兄さん、それなに？」

今までどこかへ行っていたノエルが手にしている鳥かごを不思議そうに見つめたアメリアは、はっと気づいた。

「もしかして、それにコーデリアさんを閉じ込めておくの？」

「ああ、本当は聖水入りの樽《たる》にでも放《ほう》り込んで蓋《ふた》を釘《くぎ》で打ち付けておこうかとも思ったが、さすがにすぐには調達できなかったからな」

恐ろしい計画を聞いてしまったとばかりにぶるぶると震えだすコーデリアを、アメリアは慌てて抱きしめた。今度は振り払われることなく、逆にアメリアにしがみついてくる。

「怯えているじゃないの。冗談でもそんなに怖いことを言わないでよ」

「冗談？　本気だが」

真顔で言ってくるので、うっかり信じそうになるが、さすがにそれはないだろう。そこへセドリックが嘆息交じりに割り込んできた。

「まあ、鳥かごに入れておくのは本気だけれどもね。さっきみたいに物を浮遊させられたらたまらない。それを聖水で清めてから、入っていてもらうよ。鳥かごは聖堂の隅に置いておく」

鋭くコーデリアを見据えてくるセドリックを、アメリアは真っ直ぐに見返した。

「どうしても閉じ込めないといけませんか？　もうわたしを襲わないと約束させても駄目でしょうか」

アメリアの腕の中で、コーデリアが必死に何度も頷く。いくら鳥かごといえども、閉じ込められるのは嫌なのだろう。

「駄目だよ。消えなくなっているのに、いつ悪霊に感化されて意思を失って暴走するかわからない」

「でも、さっきはわたしのお守りが効きました。もし暴走したらこれで鎮《しず》められます」

お守りの指輪を服の上から押さえると、ほんのりと暖かいような気がした。しかしそれでもセドリックは険しい顔で首を横に振った。

「それでも駄目だ。前は物を動かす力なんて持っていない、普通の霊だったんだ。これ以上何かあったら困る。バージルが今時計の検証で忙しいから、それが終わったらたぬきから出られるように調べてもらうよ。それまでは入っていてもらう」

そう言われてしまっては、アメリアも言い返せない。セドリックに言い負かされるのは何度目だろう。コーデリアを強く抱きしめる。

「聞いての通りだから、少しの間だけ我慢してくれる?」

言い聞かせるようにコーデリアに語りかけると、彼女はしばらく身動きせずに考えているようだったが、やがてこくりと頷いた。

すっかり大人《おとな》しくなってしまったコーデリアを恐る恐る受け取ったエディオンが、鳥かごを聖水で清めるために執務室から出ていくのを罪悪感とともに見送ったアメリアは、疲れたようにカウチに座ったセドリックを振り返った。

「お茶をお淹《い》れしましょうか？」

「いや、いいよ。君も危ない目にあって疲れているだろうし。それより、君のお守りを見せてくれるかな。光る指輪なんて見たことがない」

たしかにセドリックの言う通りだ。動くたぬきの自動人形と追いかけっこをするという、普通ならあり得ない体験をしたせいで、それほど気にしていなかったが、考えてみればおかしな指輪だ。

兄と顔を見合わせたアメリアは、すぐに首から下げていたお守りの指輪を渡そうとしてふと異変があることに気付いた。

「どうかしたのか？」

まじまじと宝石を見ていると、兄が怪訝そうに問いかけてきた。

「これ、なんか色が違うの。いつもよりくすんでいるような……。何かの模様？　どこかで見た覚えが……」

じっと目を凝《こ》らして宝石を見つめていると、向かい側からセドリックが同じように顔を寄せてきた。それに思わず顔が赤くなってしまう。

「本当だね。前に見せてもらった時にはこんなに濁った色をしていなかったな」

「あの、殿下、ちょっと近いです」

なんとも思っていないのか、普通に喋《しゃべ》り出すセドリックが少しだけ憎らしくなりつつ、その肩を少しだけ押す。

「え、ああ、ごめん」

慌てて身を離したセドリックが、少しだけ残念そうに苦笑するのを見て、悪いことをしてしまったような気分になる。そこへ兄が割り込むようにしてアメリアの持っていた指輪を取り上げた。

「たしかになにかの模様に見えます」

「光にかざしたら、もっとよく見えるんじゃないかな」

セドリックの提案に、ノエルが壁際にあった燭台の灯《ひ》に宝石をかざした。

「これは……」

驚きの声を上げる兄についていったアメリアもまた、驚いて目を見開いた。

「これって……ウサギの足跡？　お守りだからかしら……」

聖堂の祭壇に記されていた魔除《まよ》けの印。祝福も運んでくるとかいう話を、エディオンから聞いた覚えがある。

「そういえば……殿下、この印って、異端だとか言っていませんでした？」

あの時来たセドリックに『良くないもの』がついていたので、そのまますっかりと忘れてしまっていた。

セドリックがなぜかわずかに言葉を詰まらせた。

「……っ、そうだよ。——ええと、その、魔女とか魔法使いが使っていた印だからね」

思わず息を止める。

セドリックが少しだけ言いにくそうに口にした言葉に、アメリアは瞠目《どうもく》して手にしていたお守りを思わず投げ出しそうになった。

「どうして、そんなものが家のお守りになっているの……？」

半信半疑《はんしんはんぎ》で視線をお守りに落とす。これは代々オルコット家に伝わるお守りだと祖母から聞いていただけだ。その他の来歴など全く知らない。

問うようにセドリックを見据える。すると彼は、アメリアの真っ直ぐな視線から逃れるように視線をそらしてしまった。

（え……？）

そらされたことにわけがわからず、アメリアはお守りを握る手に力を込めて、ただ茫然《ぼうぜん》と立ち尽くした。

＊＊＊

ばらばらに破壊された大時計の残骸《ざんがい》を前に、アメリアは言葉を失っていた。

かろうじて残っていたのは長針と短針のみで、しかしそれもまたわずかながら傷がついている。

「これはちょっとまずいかな」

セドリックが険しい顔で執務室のカウチの前のテーブルに置かれていた割れた文字盤の一つを手に取った。その横で、エディオンが怖い物を見るかのように、それでもじっと残骸を凝視している。

たぬきの自動人形騒動があった翌朝、朝の礼拝も始まらないうちから蒼白になったバージルが持ち込んできたのは、数日前まで聖堂に設置されていた大時計の無残な姿だった。

「お前が帰った後、あのまま工房で時計を調べていて、ついそのまま眠ってたんだよ。気付いた時には朝で、その時にはもう時計がばらばらで、焦ったのなんのって」

ぺらぺらとよく喋るバージルを、セドリックが憮然《ぶぜん》と見据える。

「ふうん、寝ていたんだ？　君の自動人形が昨夜問題を起こさなければ、僕はアメリアと出かけられたのに」

「ん？　俺の自動人形がどうしたんだ」

まさか自分の制作した自動人形に霊が入り込み、暴走したとは全く知らないバージルが不審そうに聞き返してくるのに、アメリアは隣にいた兄とともにげんなりと肩を落とした。

「あとでじっくりと話してあげるよ。それより今は時計だ」

溜息をついて文字盤を手放したセドリックが、カウチの背もたれに身を預けて、足を組み合わせた。

「アメリア、悪いけれども聖堂の時計があった場所に何か異変がないか確認しに行ってくれないかな」

「わたしがいなくても大丈夫ですか？　その時計、『良くないもの』がついていましたし……」

「ここまで壊れてしまったら、憑くものも憑かないよ。大丈夫だから、お願いできるかな」

まるで自分を追い払うかのように執拗《しつよう》に部屋から出そうとするセドリックを、じっと疑いの目で見たが、彼はすっと目をそらしてしまった。それに少しだけ痛んだ胸に首を横に振る。ぐるりと室内を見回して、黴も埃《ほこり》も見当たらないのを確認すると、モップを手にしてようやく部屋から出た。

(昨日、お守りに魔女の印が浮かび上がった時から、殿下がなんとなくよそよそしい気がする)

実家に代々伝わるお守りが魔女の物だった。オルコット家と魔女が何かしらの関係があるのはたしかなのだろう。

(魔女と思ったことはなくても、実際に魔女と関係しているとなると、嫌なものなのかも……。誰がなんと言おうとわたしの味方でいてくれる、とか言ってくれたのに)

やはり、英雄の家系としては、魔女は忌避《きひ》するべきものなのかもしれない。仕方がないとはいえ、悲しいというか、ふつふつと怒りがこみ上げてきた。

「でも、今まで散々、感謝しているとか、すごい、とか言っていたのに、視線も合わせないのは、どうなのよ！」

小さく毒づくと、まるで怒りの迫力に怯えたように、天井からぼとりと黒い粘ついたような塊《かたまり》が落ちてきたので、腹立たしげにそれにモップを突っ込んで拭《ふ》き消す。

(兄さんはあの場にいても良くて、わたしは駄目なの？　ああ、もう……)

兄に嫉妬するという、みっともなくてどうしようもない思いを抱えつつも、セドリックに言われた通りに聖堂へと向かったアメリアは、聖堂の扉の前で見覚えのある丸い金属の塊を見つけて、大きく目を見開いた。ずんぐりとした体形の、珍獣たぬきを模《も》した、自動人形だ。

「……コーデリア？　ええっ、どうしてこんなところにいるの!?」

コーデリアを閉じ込めた鳥かごは聖堂の片隅に置かれている。どうにかして逃げ出してきたのだろうが、ここで力尽きたのだろう。

ピクリとも動かないたぬきを持ち上げると、だらりと尻尾《しっぽ》を垂らしていたコーデリアが何の前触れもなく目を見開いて、アメリアにひしっとしがみついてきた。その様子からすると、暴走して意思を失っているようには見えない。

「なんだかよくわからないけれども……。一緒に行こうか」

仲間ができたようで嬉しくなり、コーデリアを抱えて聖堂の扉を開けようとすると、たぬき娘はなぜか拒否するように激しく首を横に振った。

「え、中に入ったら駄目なの？　でも、見たところは大丈夫そうよ」

別に中から何かが染み出してきているわけでもなく、いたって静かなものだ。それでも霊にしかわからない何かがあるのだろうか。だからこそ大人しくしていると約束したコーデリアが逃げ出してきたのだろうか。

朝とは違いぴったりと閉め切られている聖堂の、金の装飾が施された白い扉の前に立つ。がたがたと震えだしたコーデリアをその場に置いて、モップを握りしめ、一つ呼吸をしてから、頑丈《がんじょう》そうな取っ手に手をかけた。

（——……お邪魔します）

心の中で訪問の挨拶《あいさつ》を呟き、拳《こぶし》一個分の隙間《すきま》を開けたアメリアは、その間からそうっと中を覗き込んだ。

しんと静まりかえった聖堂内は、予想に反して静謐《せいひつ》な空気が漂っていた。

もっとおどろおどろしい何かが巣くっているのを想像したアメリアは、拍子抜けして立ち尽くしてしまったが、すぐに我に返って大きく扉を開き、中を見回した。

聖堂内を彩《いろど》るステンドグラス越しに、午後の柔らかな日差しが降り注ぐ。誰もいない参列席がそれを受けて、普段は飴《あめ》色に輝き放つ座席を様々な色へと変えていた。

聖堂を清掃する時と変わらぬ様子にほっと息をつき、中に足を踏み入れる。

（変わった様子は何もないけれども……）

左右に分かれた参列席の真ん中を歩き、祭壇《さいだん》に近寄る。そこまで来ても清浄な空気は変わらず、礼拝で使用した薫香《くんこう》の残り香《が》が漂っていた。祭壇の後ろに回り込み、時計があった場所を振り仰ぐ。

（ここも大丈夫そうよね？）

背面の壁の中央には日に焼けた跡なのか、丸く円が描かれていたが、それでもおかしなものは見えなかった。

ひとまず安心して、振り返る。そうして目に飛び込んできたものに、アメリアは大きく目を見張った。祭壇に刻まれていたあのウサギの足跡印。元から少しだけ傷がついていたが、しかしその傷は以前見た時よりも大きく広がり、まるで印を消すかのようにひび割れていた。

「これって……」

祝福を運ぶ、魔除けの印。特徴的な細長い幸運の印が真っ二つになっている。

——魔女とか魔法使いが使っていた印だからね。

セドリックの言葉が脳裏に浮かぶ。

どくり、と心臓が嫌な音を立てた。まるで割れ目から何かが染み出してきそうな焦燥《しょうそう》感に、アメリアは思わずそこをモップでこすってしまった。

(直るわけがないけど、ちょっとこれはかなりまずい気がする!)

使命感にかられて、なりふり構わず磨いていると、唐突に笑い声が耳に届いた。

「誰?」

はっとして顔を上げる。細く開けたままだったはずの扉は閉まり、陽光がステンドグラスを通して色を変えて降り注ぐ。ちょうど英雄が魔女を倒したその場面のガラスから差し込んだ光が落ちた参列席に、一人の精悍《せいかん》な青年が座っていた。確固たる自信に溢れたゆるぎないまなざしがこちらを見据えている。

(どこかで見たような……あ、夢! 夢でも見たのよ!)

アメリアが驚いて立ち尽くしていると、青年は立ち上がり、こちらにやってこようとした。

「来ないで」

頭をよぎったのは、自分を誘拐《ゆうかい》しようとした騎士。モップを盾《たて》のように構えて、青年を牽制《けんせい》する。ちらりと祭壇の近くにあるセドリックがいつも控室に向かうために使っている扉に目をやったその一瞬の間に、どういうわけか青年は祭壇のすぐ前まで来ていた。

逃げ出そうと祭壇の横にそうっと体をずらした時、青年の表情がまるで愛しい女性に向けているかのように綻《ほころ》び、口を開いた。

「―――――」

しかし青年が口を開いても、その声は聞こえなかった。いくら耳を澄ませてみても息がもれる音さえも耳に届かない。先ほどは笑い声が聞こえたはずなのに。その時アメリアは、あることに気付いて顔を強張らせた。

（影が、ない）

祭壇の向こう側にいた時には見えなかったが、横に足を踏み出したことで青年の足元がよく見えた。その周りにはこれだけステンドグラスからの光が差し込んでいるのにも関わらず、一切影が見当たらなかった。

こみ上げてきたのは、恐れではなく驚愕《きょうがく》だった。コーデリアはともかく、こうまではっきりと姿が見えたことにただ驚き、呆然としてしまう。その鼻先を、聖堂には飾られていないはずの薔薇の甘い香りがかすめる。ふっと浮かんだのは黒い茨。

「幽霊……」

ぽつりとこぼした言葉に、青年の姿がゆらりとかすむ。その指先がアメリアの方へと伸ばされかけた時、聖堂の扉が開いたかと思うと、ものすごい勢いで何かがこちら目がけて飛んできた。

ガシャン、と金属の耳障《ざわ》りな音と共に聖堂の中ほどまで転がったのは、扉の側に置いてきたはずのたぬきの自動人形だった。それに驚くように、瞬く間に青年の幽霊が消え失せる。

「アメリア！」

聖堂内に響き渡った聞き覚えのある声に、ほっとしたアメリアは、知らず知らずのうちに詰めていた息を吐いた。

「……殿下。――出ました！」

喉《のど》がからからに渇いていた。恐れは感じなかったが、それでも極度に緊張していたらしい。肩に入っていた力が抜けて、脱力したようについ傍らの祭壇に手をついた。そこへ駆け寄ってきたセドリックに抱きつぶされるような勢いで抱きしめられる。

「ごめん、時計が手元にあったから、大丈夫だと思っていたけれども、一人で聖堂に行かせるなんてするんじゃなかったよ」

「――わたしはなんともありませんけれども、少し苦しいです！」

一瞬、初めて会った時にセドリックを覆っていたような、潰れたカエルになるんじゃないかと思ったが、どうにかこらえて訴えると、セドリックは慌てて腕の力を緩めてくれた。

「どうして、幽霊が出るのがわかったんですか？　また、善良な幽霊とかが教えたり……」

「違うよ。――剣が、折れたんだ」

深呼吸をしつつ、不審そうにセドリックを見ると、彼は顔色をなくしてその言葉を口にした。

「剣？　すみません、ちょっと意味がわからないです」

「大時計の長針があっただろう。あれ、どうも英雄の剣だったらしいんだよ。それが折れたから、大時計があった場所にいる君が危ないと思ったんだ」

「英雄の剣？　――あ！」

もたらされた情報を噛み砕こうとして、ふと頭に引っかかり、慌ててステンドグラスを見上げた。英雄が魔女を討伐する場面を。

「あれって、もしかして……。英雄？」

脳裏に浮かんだのは、一度だけ見せてもらった英雄だとされる人物の肖像画《しょうぞう》。先ほどの幽霊のゆるぎないまなざしが絵と重なる。

「さっきの幽霊って、もしかして英雄ですか⁉」

「僕は横顔しか見えなかったけれども、多分ね」

「それじゃ……」

最悪な状況が頭をよぎる。険しい表情でセドリックが重々しく頷いた。

「――英雄の封印が解けた」

ざっと血の気が引く。アメリアを宥めるように、セドリックに支えられたままの腕に、再び力がこもった。

第五章　我が魂は王と剣に、我が心は彼の方に

黴《かび》と埃《ほこり》の匂《にお》いが充満する地下室に降り立ったアメリアは、まるで書架《しょか》の森とでもいうような
その様子に愕然《がくぜん》とした。
「この中から手がかりを探さないといけないんですか!?」
手にしたランタンの灯《ひ》が届く範囲だけでも膨大な量なのに、光の届かない闇《やみ》のその向こうに
もずっと書棚は続いているのだろう。声を上げてもよく通った。
建国当初からの様々な記録を収容しているという記録庫は、王城の敷地内にある離宮の地下
にあった。離宮は婚姻《こんいん》をした王太子が住まう城となっているが、今現在は王太子が不在となっ
ているために無人だったせいか、なおさら空気が淀《よど》んでいる気がした。だが、空気は淀んでい
ても、元は古代の地下墓地だったというそこに一切霊の気配がないことが不思議だった。
「いいや、年代別と種類別に分けられているはずだよ」
配置図らしきものを取り出したセドリックがそれを見ながら奥へと歩き出すのに、ほっと胸
を撫《な》で下ろしたアメリアはその後を追った。さらに後ろからは興味深そうにあちこちをきょろ
きょろと眺めるバージルと、そのさらに後ろからは兄ノエルが相変わらずの鉄面皮《てつめんぴ》でついてく
る。
エディオンは何かあった時のために、離宮の入り口で待機していた。

「わたしが夢の中で見た女性が、本当に英雄の恋人だったんでしょうか？」

先を行くセドリックの背中に問いかける。

「おそらくそうだと思うよ。さっきの幽霊は英雄だ。君の夢の中にも出てきたというのなら、その『シーラ』とかいう異端の女性は英雄の恋人で間違いない。そんなに不安にならなくても大丈夫だよ」

セドリックが安心させるためなのか、配置図に目を落としながらも笑った気がした。

あれからアメリアが見た夢の話を聞いたセドリックは、恋人の方面から調べれば、封印ではなく浄化に必要な英雄の名前がわかるかもしれない。と言い出したのだ。

それと同時にアメリアに本当は封印場所を探していたのを黙っていたことも告白されたが、それは些細《ささい》なことでしかなかった。

「建国当初はまだ魔女の術は王宮で重宝《ちょうほう》されていたからね。国が落ち着いたところで、その力を恐れて異端だと断罪され始めた。その記録を探せばたぶん出身地や生家がわかるよ。君が聞こえなかった英雄の名前も判明するかもしれない」

丁寧に説明してくれるその声音には、嫌悪もそっけなさも混じってはいない。そのことに、アメリアの実家が魔女と関係している可能性があるとわかった後の、目も合わせてくれなかった態度はなんだったのだろう、と不思議になってくる。

「——殿下はわたしのことが嫌になったのかと思っていました」

「え？　僕が君に嫌われるならまだしも、どうして君のことを嫌わないといけないのかな」

セドリックが歩きながら驚いたように振り返る。

「わたしは魔女かもしれませんから。魔女に悪霊を浄化してもらうのは、王家としては誇りが許さないから、目も合わせないし、態度がそっけなくなったのかと思って……。腹が立ちました」

「ん？　腹が立ったの？　悲しかった、とかじゃなくて？」

「はい。可愛《かわい》げがなくてすみません」

つくづく自分は物語に出てくるような、恋する可憐《かれん》な乙女《おとめ》にはなれないらしい。傷ついて泣くくらいなら、奮起して見返そうとするか無関心を決め込む。

「そんなことはないよ。僕にそっけなくされて怒るなんて、可愛いと思うよ」

「腹が立ったと言われて、どうして可愛いになるんですか」

「怒ったってことは、それだけ僕のことを考えてくれているってことだよね。だから可愛いなと思って」

「からかわないでください」

茶化すようなセドリックを軽く睨《にら》むと、彼はくすくすと笑って前を向いてしまった。そうして少し間を置いて、落ち着いたというよりも固い声で語り出す。

「うん、そっけなくなったのも、目を合わせなかったのも、気まずかったからだよ。僕は君の家系のことは、調べていてすでに知っていたからね」

「それは……」

「この辺りの棚だね」

ふいにセドリックが立ち止まった。くだらないことを聞き出そうとしているうちに、いつの間にか書庫の最奥まで辿《たど》り着いていたらしい。アメリアは頭を切り替えるように一つ嘆息《たんそく》した。

ここまで来ると、余計に空気が重たくなった気がした。背後を振り返ると、書棚の間に隠れてしまったのか、扉がどこにあるのか見えず、辺りは暗闇《くらやみ》に包まれている。

「アメリアは下の方から調べてくれるかな。バージルとノエルはこの隣の棚を頼むよ」

セドリックの指示に従って、手にしていたランタンを床に置く。そうして一番下の棚から重たそうな本を引っ張り出した。上の方からセドリックが本を取ると、埃がぱらぱらと落ちてきたので、少し避《よ》ける。

「えーと、恋人の名前は『シーラ』だったか？」

隣の書棚をざっと眺めていたバージルに問いかけられて、アメリアはしっかりと頷《うなず》いた。

「はい、そうです。でも、もしかしたら聞き間違いや覚え間違いがあると思いますので、似たような名前も抜き出した方がいいですよね？」

「そうだな。あっ、くそ、ページが取れてるぞ、これ」

ぶつぶつと文句を言いつつも探し始めるバージルを尻目《しりめ》に、アメリアは手にした本を開いた。

それからどのくらい経《た》ったのか、しばらく名前を探すのに没頭していたアメリアは、ランタンの灯がちかちかと明滅しだしたことで、ふっと我に返った。

油がごくわずかになっていることに気付き、暗闇にならなかったことにほっとして顔を上げると、傍《かたわ》らで本を調べていた兄のランタンにはまだ油が少し残っていた。床に胡坐《あぐら》をかいて座り込んだバージルのも同じくらいの量だ。セドリックのはまだだいぶ残っている。

「油を足してきますね」

微動だにせずにいるセドリックの背中に声をかけると、上の空の様子で頷いたので聞いているのだろうかと少し心配になったが、消えかけのランタンを持って立ち上がった。

圧迫するかのような書棚の間を扉を目指して歩きながら、凝《こ》り固まった肩を回す。

(ここって元地下墓地なのに、本当になにも見えないわよね。誰《だれ》も住んでいないせいかしら……)

離宮に入ってから、一切黒い靄《もや》も埃も見当たらない。それはこの地下の記録庫に対してもそうだった。この綺麗《きれい》さは、少し異常だ。

(人がいなければ、悪霊も瘴気《しょうき》も溜まらないんだから、当たり前なのかもしれないけれども……。なんだか綺麗すぎて、ちょっと気味が悪いのよね)

王宮ではなくても、普通は黒い埃の一つや二つ転がっている。それがまるで根こそぎすべて掃除してしまったかのように綺麗なのだ。

(英雄が悪霊化したのは、城の悪い物すべてを取り込んだせいだって殿下が言っていたけど……まさかね？)

嫌な予感が頭をよぎりつつも、記録庫から出てしっかりとその厚い扉が閉まったのを確認する。ランタンに継ぎ足す際に、万が一にでも油をこぼして火がついてしまったら怖い。

階段の下の踊り場に用意しておいた油を継ぎ足そうと手にした時だった。唐突に記録庫の重い扉が開いた。

「あれ？　殿下のも油が切れましたか？　まだ結構あったと思いましたけど……」

不思議そうに記録庫から出てきたセドリックを見て、その手にランタンがないことに気付く。

セドリックはアメリアの問いかけにも何も言わずに、記録庫の扉を閉めたかと思うと、ゆっくりとこちらに手を伸ばしてきた。

「殿下……？」

頰《ほお》に触れた手が異様なほど冷えている。灯はあるものの薄暗い踊り場では表情がよく見えないが、どことなく茫洋《ぼうよう》としているような気がした。ふわりと鼻をかすめた甘い薔薇《ばら》の香りに、ざわっと腕に鳥肌が立った。

(これ、違う、殿下じゃ、ない……。黒い靄も何も見えないけれど、なにかに憑《つ》かれている!?

ううん、もしかしてこれが、同化？)

黒い靄が見えないのなら、たぬきの自動人形と同じことがセドリックの体の中で起こっているのかもしれない。

姿はセドリックでも、中身がセドリックではない。

「殿下から出ていって！」

頬に触れる手を振り払おうとして、逆に掴《つか》まれる。そのまま強く突き当たりの壁に押し付けられて、少し息が詰まった。

やはり、セドリックの言っていた通り、同化してしまうと浄化力は効かないらしい。アメリアに触れているのに、怯《ひる》みもしない。

「……っ。このっ、あなた誰⁉」

「——会いたかった、シーラ」

セドリックの声で愛《いと》おしげに囁《ささや》かれた名前に、思わず動きを止める。再び頬に触れた手が、顔の輪郭《りんかく》を撫でて、顎《あご》を持ち上げられた。

「ずっと探していたんだ。お前を魔女というだけで断罪して放逐《ほうちく》した奴《やつ》らはもうどこにもいない。隠れていなくていいんだ、シーラ」

「違う。わたしは『シーラ』なんかじゃ、ない！」

キスをされるのではないかというほどの至近距離に、顔をそらして叫ぶ。頬をセドリックの唇がかすめて、嫌悪が湧《わ》き起こった。

「いや、お前はシーラだ。シーラの気配がする。ここから一番強く」

襟元《えり》から引き出された鎖《くさり》の先についているのは、あのウサギの足跡印が浮かぶ黄色い宝石がついたお守りの指輪。ぶつりと切れた鎖ごとセドリックに奪われる。たぬきの自動人形を撃退した時とは違い、まったく光り輝くことのないそれは、どんよりと濁ったままの姿をさらしていた。

「ああ、これは体に戻さないと駄目だな。戻せばきっと俺《おれ》のことも思い出す」

「戻すって……。――んっ!!」

耳を疑ったのも束の間、奪われた指輪を口の中に押し込まれた。口の中に台座なのか金属の味が広がる。とっさに吐き出そうとして、セドリックに口元を覆《おお》われる。

「少し苦しいと思うが、飲み込むんだ。大丈夫、お前の骨だ。すぐに溶けて体になじむ」

衝撃的な単語の羅列に、嫌悪よりもおぞましくなる。

(骨って……。そんなもの飲み込めるはずがないじゃないの――っ。飲み込んだって、あなたのシーラは返ってこないわよ!!)

必死で顔を振ってセドリックの手を外そうとするも、異常とも思える力で押さえ込まれて振り払えない。先ほどから足を思い切り踏みつけまくっているのに、痛くもかゆくもないのか微動だにしない。

(兄さんとダウエル様は気付いてくれないし！　残るはエディオンさんだけどっ……)

暴れていた足先が、何かを蹴《け》り飛ばした。ガシャン、というガラスが割れる音とともに、

むっとするような油の匂いが漂う。その時だった。口元を押さえていた手がほんのわずかに緩む。

「――リア」

口元を押さえていた手が細かく震えている。茫洋としていたセドリックの眉間《みけん》に、深い皺《しわ》が寄った。

(殿下が抗《あらが》っている！)

「アメリアっ、聖水、を……っ」

喉《のど》から絞り出されるような声に呼応して、力任せに拘束された手を振り払ったアメリアは、指輪を吐き出して、そのままセドリックに体当たりした。

よろめいたセドリックが階段の段差に後ろ足をぶつけて、尻餅《しりもち》をつく。それを見逃《みのが》さずに、セドリックがいつも持ち歩いている聖水瓶《びん》を探し出し、その蓋《ふた》を開けて振りかけた。

「その体は、殿下のものよ！」

わずかな聖水だったが、それでも効果があったのか、セドリックの頭の辺りにうっすらと靄が浮かび上がる。アメリアがそれに触れようとするよりも早く、人型をとった靄はあっという間に階上へと逃げ去ってしまった。それとほぼ同時に階上で「ひぇぇえええ！」という聞き覚えのある悲鳴が聞こえた気がしたが、アメリアはぐったりと階段に倒れ込むセドリックの側《そば》に膝《ひざ》をついた。

「殿下！　起きてください、殿下！」

肩を持って揺さぶるが、セドリックは糸が切れた操り人形のようにくたりとしたまま動かない。まさかと思って心臓に耳を当てたが、しっかりと動いていてほっとする反面、焦りが募る。

「このままだとまた憑かれますよ！　目を覚ましてください」

「アメリアさぁんんんっ、大丈夫ですか！」

ぱちぱちと頬を叩《たた》いていると、唐突にそんな声が響いた。かと思った次の瞬間、階上からばしゃりと水がぶちまけられた。

「冷たっ！　え、エディオンさん……」

セドリック共々水を被《かぶ》ったアメリアは、桶《おけ》を持って階上に立つエディオンらしき人影にさらに呼びかけようとして、セドリックがピクリと指を動かしたことに気付いた。

「殿下！　気が付かれましたか!?」

慌てて顔を覗《のぞ》き込むも、未《いま》だにその薄い瞼《まぶた》は閉ざされていて、落胆しかける。

「アメリアさん、名前です。名前をきちんと呼んで、強く抱きしめてください！　ええもう、中身が飛び出るような勢いで！」

エディオンが桶を放《ほう》り出して駆け下りてくる。その言《げん》に従って、アメリアはセドリックの体をきつく抱きしめた。

近くまでやってきたエディオンが、口中で聖句を唱えるのを尻目に、名前を呼ぼうとして動転のあまりとっさに浮かばすに、なおさら焦る。

「えーと、名前、名前……。エディオンさん、殿下のお名前ってなんでしたっけ⁉」

「ええっ⁉　嘘《うそ》ですよね？　冗談ですよね？　貴女《あなた》に覚えられていないと知ったら、この方死んじゃいますよ⁉」

「ええっと、あっ、セドリック、様？　起きてください、セドリック様‼」

名前を叫びながらセドリックを抱える腕に力を込めると、セドリックが大きく咳《せ》き込んだ。

その背中をゆっくりとさすっていると、アメリアに縋《すが》るようにセドリックの手が背に回された。

「――っ、まさか、名前が出てこないとは、思わなかった、よ……」

荒い息遣いの合間に聞こえてきた声にほっとしたアメリアは、セドリックを支えきれずにそのまま潰《つぶ》れた。

＊＊＊

「アメリアがいなくなった途端、急に意識が遠くなったんだよ」

執務室のカウチに横たわったセドリックが溜息《ためいき》交じりにそう告げた。

セドリックの横に座って、弱っているセドリックに再び悪霊が憑かないようにと手を握りながら、アメリアは息を飲んだ。その向かいの椅子《いす》に座っていたバージルもまた、驚いたように軽く目を見張っている。兄はセドリックに何か用を頼まれていていないが、いたら深々と溜息をついていたに違いない。

エディオンが、疲れたように大きく頷く。

「念のために桶に聖水を用意していってよかったですよ」

「本当に、助かりました」

あの時、階上からエディオンが聖水をぶちまけてくれなければ危なかった。ほっと胸を撫で下ろしていると、バージルがいかにも悔しそうに顔をしかめた。

「無事だったからいいものの、気付かなくて悪かったな……」

「それは仕方がありません。あんなに厚い扉の向こうの、それも一番奥にいたら、わかるわけがないと思います。わたしももっときちんと伝えてから外に出ればよかったんです」

自分自身に苛立《いらだ》っているようなバージルを宥《なだ》めたアメリアは、反省して軽く視線を落とす。

セドリックがそんなアメリアの手を励《はげ》ますように強く握ってくれた。

「英雄が僕に取り憑く可能性は考えていたけど、取り憑いた英雄がまさかアメリアを襲うなんて思わなかったよ」

「わたしもまさかお守りを飲ませようとしてくるとは思いませんでした」

愛おしげな視線と、冷たい指先。恋人の骨だという宝石がついた指輪を飲ませようとしたあの狂気に、背筋がぞくりとする。

「まだ口の中が気持ち悪いです」

指輪の金気の味が舌に染み込んでいそうで、気分が悪い。

「……もしかして、わたしがシーラさんと間違えられたのは、その血を引いているから、なのでしょうか？　殿下はわたしの家系のことを調べたんですよね？」

地下記録庫で言いかけていたことを思い出して、半信半疑《はんしんはんぎ》でセドリックに問いを投げかける。するとセドリックは躊躇《ちゅうちょ》するように視線を彷徨《さまよ》わせ、しばらくしてぎこちなく頷いた。

「調べたよ。――たしかにオルコット家には魔女らしき女性がいた。でもそれが『シーラ』なのかどうかわからない。知り合いの魔女がお守りを受け継いだ可能性もあるからね」

「魔女……」

セドリックの断言に、アメリアは言葉を失い、思わず口を閉ざした。

「君は魔女と呼ばれるのが嫌そうだったからね。言わずに済むなら、そのままにしておきたかったけれども……」

アメリアは首を横に振った。自分の先祖には魔女がいた。だからこそのこの浄化力だったのだろう。

それを知っていてもセドリックは魔女だとは思わずに、自分を側に置いてくれた。それだけで胸がいっぱいになってしまう。

「お守りがお守りではなくなってしまったね」

セドリックが気の毒そうな視線を向けてくる。それにもまた首を横に振る。

「英雄に効かなかっただけで、この前たぬきの攻撃からは守ってくれました。——それより、それが英雄の言う通り恋人の骨なら、逆に英雄と一緒に封印……葬《ほうむ》ってあげたいです」

霊になってまで探し続けているような恋人だ。せめて一緒に眠らせてあげたい。

カウチの前のテーブルに乗せられた宝石を痛ましげに見る。セドリックが宥めるようにアメリアの手に力を込めた。

「そうだね。それには今度は英雄の墓を見つけなければならない。封印されていた剣も壊れてしまったからね。今度は墓に封印するしかない。だからノエルに持ってきてもらうように頼んだんだよ」

「なにをですか？」

墓を見つけるのにそんなに役立つものなどあっただろうか。するとセドリックは悪戯《いたずら》っぽく笑った。

「たぬきの自動人形だよ。あれには今、霊が閉じ込められているだろう？　逃げ出したのをまた捕まえておいたし、霊のことは霊に聞いた方が早い。他《ほか》の霊はみんないなくなってしまったからね」

たしかにそうなのだ。離宮から出て執務室に来るまでの間、離宮だけではなく悪霊と善良な幽霊、そのどちらの姿も見当たらなかった。

「離宮にもいませんでしたけれども、英雄に取り込まれてしまったのでしょうか？」

「いや、違うね。そうそう善良な幽霊が取り込まれることはない。あれは悪霊化したものだけだ。だから多分、善良な幽霊は英雄を恐れて隠れているだけだと思うよ。隠れてしまったものを探し出すよりは、多少手は焼くけれども、たぬきの自動人形に聞いた方が早い」

「あの、でも、霊にお墓の場所を聞けるなら、どうして今まで聞かなかったんですか？」

「霊はこちらの質問には答えてくれないよ。一方的だ。英雄の霊だってそうだっただろう？その点、あの霊なら意思疎通《そつう》ができているし、解放してもらいたいから、答えてくれると思うよ」

楽観的なセドリックに対し、しかしアメリアは疑いを持たずにはいられなかった。

（教えてくれるかしら？　どうやってか鳥かごから逃げ出していたし、殿下を慕っているみたいだったけれども、けっこう脅《おど》されていたし、英雄目がけて投げられていたし……。そういえば、霊って痛みとか感じるの？）

少しだけずれていっていることに気付かずに考え込んでいたアメリアは、ふいにセドリックと繋《つな》いだ手を引かれてそちらを見た。

「でも、君に怖い思いをさせて悪かったね。気付いたらかなり乱暴に扱っていたから、怪我《けが》がなくてよかったよ」

「殿下はあの時意識があったんですか？」

「うん、あったよ。あったから、自分の思い通りに動けなくて歯がゆかった」

苦笑いしたセドリックが繋いだ手に力を込める。その指があの時の冷たさとは違い、ほんのりと温かい。

「自分の体とはいえ、あれは英雄が君に触れたのも同然だ。僕以外の男が君にあんな風に触れるのは、許せなかった」

手を引かれて身をかがめると、あの時かすかに英雄の唇が触れた頬をセドリックがなぞるようにさらりと撫でて、思わずどきりとする。

「で、殿下、あの……見られていますから……」

「誰も見ていないよ」

セドリックの言葉を受けて、肩をすくめたバージルと、それに腕を引っ張られて赤い顔をしたエディオンがそそくさと執務室の外に出ていく。

(え、ちょ、ちょっと待って。二人きりにしないで……っ)

二人が出ていってしまうと、セドリックは身を起こした。横たわっている時よりも近くなった距離に、わずかながら動揺する。

「あの、殿下……」

「セドリック」

「え……」

「セドリック、って呼んでくれないかな。君に忘れられないようにね」

茶化したように笑われて、アメリアは怒りと羞恥《しゅうち》で真っ赤になった。

「ちゃんと覚えていますよ！　あの時はちょっと……、いえ、かなり動転していただけです」

「そうだよね、あれは動転してもおかしくないよ。でも、僕が君に隠しごとばかりしているせいで、覚えてもらえていないのかと思った」

繋いだ手に、わずかに力が込められる。

「英雄の浄化を君に頼むのに、それだと駄目だと思うんだ。だから、全部話すよ。君が知りたいことはなんでもごまかさないで答えるよ」

真摯《しんし》な双眸《そうぼう》を向けられて、アメリアは繋いでいない方の手に力を込めた。

命の危機に瀕《ひん》したからだろうか、セドリックがやけに素直で別人のようだ、と大分失礼なことを考えてしまう自分は、おそらく緊張しているのだろう。

「――一つだけ、答えてもらってもいいですか？」

「一つだけでいいの？」

「はい。それだけ教えてもらえれば、あとはいいです」

柔らかく笑ってくれるセドリックに、アメリアは早鐘《はやがね》を打つ鼓動を感じつつも、真っ直《す》ぐに見据えた。

「――『自分のものじゃないのに、嫉妬《しっと》した』この言葉の意味を教えてもらえますか？」

セドリックが大きく目を見張る。

「それ……、覚えていたんだ」

意外そうな、それでいてどこか嬉《うれ》しそうな声の響きに、急に恥ずかしくなったアメリアは慌てて首を横に振った。

「やっぱりいいです！　別に意味なんかないですよね！　あれですよね、その場の雰囲気で言ってみたかったとか、そういう……」

「君には、その場の雰囲気で言ったような言葉に聞こえたの？」

セドリックの手からやんわりと手を引き抜こうとして、逆に絡め取られた。セドリックの声がやけに淡々としていて、硬い。そのことにぎくりとした。

「それを聞きたがるってことは、ずっと気にしてくれていた、ってことだよね。覚えていたんだから、当然だよね？」

詰め寄るように言われて、アメリアはぐっと言葉に詰まった。

(わたしから聞いていたのに、どうして逆に問い詰められているの？　ああ、うん、私自身のせいよね！　グレース、言ってもらうのって、やっぱり難しいわよ……)

友人のにっこりとした笑みが浮かんだが、すぐに打ち消す。

どうもセドリックを怒らせたようだ。笑ってはいるが、唇の端が引きつっている。

「言ってもいい？」

「――お願いします」

観念したアメリアは、途端に上機嫌になったセドリックから至近距離で意味を教えてもらう、という貴重な体験を、顔から火が出る思いで耐えることになった。

＊＊＊

腕に抱いた冷たい金属の動物が、氷水でも被ったようにがたがたと震えていた。

「大丈夫よ。怖くないから」

アメリアは少しでも落ち着くようにと、たぬきの自動人形――コーデリアをなおのこと強く抱きしめたのだが、しかしコーデリアはぶるぶると激しく首を横に振った。

日が暮れたばかりの聖堂の前は、セドリックが立ち入りを禁じるようにと姉女王に要請してもらったせいか、ひっそりと静まり返っている。

「なあ、アメリア、重くないか？　モップも持っているんだから、俺がそれを持っていてやるぞ」

好奇心に満ち溢《あふ》れた表情で尋ねてくるバージルを、アメリアは目を眇《すが》めて睨みつけた。

「ダウエル様は解体しようとするから、駄目です」

バージルの目からコーデリアを隠すように、体をひねる。幽霊入りのたぬきの自動人形と顔を合わせるなり、解体したい、と言ったことが忘れられない。渡したらすぐにでも解体しそうなほど興味津々《きょうみしんしん》だった。

霊が見えない兄は足手まといになりそうだからと、一緒に来るのを辞退したが、バージルのお目付け役で来てもらってもよかったかもしれない。

「この件が終わるまで解体したら駄目だよ、バージル。それに君は時計の歯車を持っていて、手がふさがっているだろう」

アメリアの腕の中のコーデリアを不満げに睨んではいたが、バージルを止めるのに加勢してくれるセドリックに安心していいのか、怒っていいのか迷っていると、怖がりながらも英雄の剣の包みと聖水入りの桶を持って後ろからついてきていたエディオンが、恐々《こわごわ》と口を開いた。

「本当にあそこなんですか？　私、何度も側を通っていますけれども」

「コーデリアが嘘を言っていなければね」

セドリックがコーデリアに墓の場所を書かせた紙をじっと眺める。

『――聖堂の英雄が魔女を倒した場面の下の参列席の辺り。英雄のお墓かどうかは知らないけど、わたくしたちの間では絶対に近づいちゃいけない場所』

昨日は流麗な筆跡だった文字ががたがたに乱れている。セドリックの言う通り、早くたぬきから出してもらいたい一心で、コーデリアは躊躇もせずに英雄の墓の場所らしきものを書き上げた。

それは、アメリアが一番初めに英雄を見た場所だった。

聖堂の扉に手をつきながら、金づちとタガネを抱えたセドリックが大きく息を吸った。いつもどこか飄々《ひょうひょう》としているセドリックでも緊張しているらしい。

「騎士たちに頼んで、一応、明るいうちに座席はどかしてもらってある。英雄の邪魔が入る前に、石床を少しでもはがして、お守りを埋めよう。おそらくはそれで弱るはずだ。そうしたらアメリア、一度浄化をしてみてくれるかな。できなくても墓に封じ込めることはできるから」

「はい、任せてください。できるかぎりやってみます」

セドリックの緊張が移ってしまったように、神妙な面持《おもも》ちでアメリアが頷くと、側の二人も頷く気配がした。

「それじゃ、行くよ」

セドリックの号令とともに、聖堂の扉が開けられる。ゆっくりと聖堂内に足を踏み入れると、昼間はあれほど鮮やかなステンドグラスが月明かりに照らされていても、精彩を欠いていた。

持参したランタンから手分けして聖堂の壁に等間隔で設置されている燭台《しょくだい》に火を灯《とも》していく。そうしていくうちに、辺りはうすぼんやりと明るくなった。

「この辺りですか？」

「この辺りだと思うよ」

参列席がどかされて石床がよく見えるその場所は、周辺の石床と何一つ変わらないように見える。しかしながら、英雄が魔女を倒したステンドグラスのすぐ下辺りの石床が周囲のものよりも、ほんのわずかに表面がざらついていた。

「これだ……」

セドリックの呟《つぶや》きに反応したのか、アメリアの腕に抱えられていたコーデリアがびくっとひときわ大きく体を揺らす。

「これなのね？」

アメリアが確認するように尋ねると、コーデリアはこくこくと激しく頷いた。

「よし、それじゃ時計の歯車を石床の周りに円になるように置こうか。並べ終えたらエディオンは英雄の剣を十二時の辺りに。足止めにはなると思うからね」

セドリックの指示通りに、バージルが時計の歯車を配置していくのを横目に、アメリアはコーデリアを後ろの参列席に下ろすと、周囲に視線を走らせた。

聖堂内に靄はない。そして以前にここで見た黒い茨《いばら》も。

それを確認したアメリアは、歯車を並べるのを手伝おうと一つ手に取った。

「殿下、これも封印の道具になるんですか？」

「うん、そうだよ。歯車の一つ一つに文字が彫《ほ》ってあるだろう。これ、聖句なんだよ。この文字が摩耗《まもう》したから、どうも封印が緩んだらしくてね」

「でも、結局英雄の名前はわかりませんでしたし、浄化は難しいかもしれませんけれども、封印はできるでしょうか？」

「墓が見つかれば、それが英雄の縁《ゆかり》の品物になるから、できるよ。恋人の骨もあるしね」

そう説明をしたセドリックは、自分の腕を軽く短剣で傷つけ、血の付いたそれを折れた英雄の剣の上に置いた。

「あの、傷の手当てをしましょうか？　けっこう血が出ています」

短剣で傷つけられた傷口から流れた血が、神官服を染めていて痛々しい。

アメリアの申し出に、しかしセドリックは首を横に振った。

「ああ、うん。このままで大丈夫だよ。むしろこのままの方がいいかもしれない」

セドリックの不可思議な言葉に首を傾《かし》げたが、セドリックはそれ以上説明することなく笑っていた。なにかあるのかもしれないが、セドリックが大丈夫だと言ったからおそらくは大丈夫なのだろう。

すべての準備が整うと、一同はそれぞれ配置についた。セドリックが大きく息を吸う。

「じゃあ、割るよ。警戒を怠《おこた》らないように」

セドリックが持参していたタガネと金づちで石床の継ぎ目に歯を入れる。同じようにバージルもその側で石床を叩き出した。こつこつと若干くぐもった音を立ててようやく一枚のタイルがわずかに動いた時だった。

祭壇《さいだん》の後ろ、時計台のあった辺りから人型の靄がどこからともなく出てきたかと思うと、瞬く間に剣のように鋭い印象を漂わせる青年の姿が現れた。

アメリアが一人きりで聖堂へ赴《おもむ》いた際に見た姿に、息を飲む。

力が強いせいなのか、アメリアの目にも靄などではなく、きちんとした人間の青年の姿に見えることが不思議だった。

「ひえっ、で、出た～っ！」

情けない声を出して聖水入りの桶を抱えるエディオンの隣で、アメリアはモップを構えた。

「よくも昼間は好き勝手にしてくれたわね！　今度こそ浄化するから！」

モップを突きつけると、英雄は一瞬だけその意味がわからないとでも言うように動きを止めたが、すぐに怒りの形相へと変わる。

「挑発しないでくださいアメリアさん！　ほら、すっごく怒ってますよぉ」

エディオンは半《なか》ば泣きべそをかいていたが、アメリアは恐れよりもその怒りの形相が悲しげに見えてしまい、胸をつかれてモップの柄《え》を強く握った。

「殿下、まだですか？」

「もう少し。なかなかはがれないいし、割れないいんだ」

セドリックの硬い声が返ってきて、アメリアはなおさら気を引き締めた。英雄はこちらの様子を窺《うかが》っているのか、怒りの形相を浮かべてはいたが寄ってくることはなく、睨み合いが続く。

先に動いたのは英雄の方だった。

滑《すべ》るように移動してきた英雄が、アメリアではなくセドリックを狙《ねら》っているのだと気付いて、モップを闇雲《やみくも》に振り回して近づけさせないようにする。側にいたエディオンが声高に聖句を唱えているが、効いているのかいないのかよくわからない。

「取れた！」

セドリックの喜色の混じった声が聞こえてきたことに気を取られたその瞬間、するりと英雄がアメリアとエディオンの間を抜けた。そうしてそのままセドリックを飲み込むように躍《おど》りかかる。

「駄目よ！」

セドリックを昼間のようにしてなるものか、と焦ったアメリアは力を込めてモップを放り投げた。若干ふらつきながらそれでも真っ直ぐに飛んだモップが、英雄の頭の辺りを通り抜けて向こう側の石床に落ちて甲高い音を立てた。

その音に邪魔されたと感じ取ったのか、英雄の姿がぐにゃりと歪《ゆが》む。そうして次に形づくった物はすでに正常な人の形をしていなかった。

全身が黒い茨に覆われた人形《ひとがた》の化け物。目も口もどこにあるのかわからず、あちこちから滴《したた》り落ちる黒い血のような液体が、じわじわと床を侵食していく。所々に咲いた薔薇だけがまるでそこだけ血が噴き出したかのように真っ赤に咲き誇っていた。

「英雄、なの……？」

元は国の誉《ほま》れ、とたたえられたであろう英雄の成れの果ての、悲しいほどに醜《みにく》い姿に、胸の奥が痛む。気分が悪くなりそうなほど濃厚な薔薇の香りが辺りに立ち込め、アメリアが思わず鼻をつまんだ、その時。

「危ない！」

立ち尽くすアメリアの肩を、セドリックが庇《かば》うようにさらう。そのすぐ後に鞭《むち》のようにしなる茨の蔓《つる》が襲いかかり、石床を破壊する。ぞっとしたアメリアは、助けてくれたセドリックの腕を思わず強く握りしめてしまった。

「大丈夫？」

「はい、すみません、ちょっと油断しました。——あ……っ、血が！」

セドリックの腕と頬の辺りから、石床の破片でも当たったのか、血が出ている。

「腕はさっき英雄の剣で切ったものだよ。顔の方は深くないから、大丈夫——っ」

隙《すき》をついて再び襲いかかってきた蔓が、セドリックの足に絡みついたかと思うと、あっという間にセドリックを覆いつくした。

「殿下！」

「セドリック！」

「ひぃいいいいっ、神官長ぉおおお」

三者三様《さんしゃさんよう》の切羽詰《せっぱつ》まった呼びかけが響き渡る。

「英雄だかなんだか知らないけれども、殿下を返して！」

モップを拾い上げたアメリアは、両手でそれを握りしめてセドリックを覆いつくしてさらに巨大化した茨の化け物に、振り下ろそうとしたが、ふと手を止めた。

聖堂内に、突如として耳をつんざくような声が響き渡る。慟哭《どうこく》のような悲鳴のようなその声が、化け物と化した英雄の体に咲いた薔薇から発せられたものだと気付いたが、耳をふさぐことしかできない。

あまりの高音に、英雄の物語が描《か》かれたステンドグラスにひびが入ったかと思うと、何枚かが割れて落ちてきた。

耳をふさいでいてもなお聞こえてくる声に、くらりと眩暈《めまい》を覚えたアメリアだったが、必死で目を開けていると、茨がどろりと溶け出した。

セドリックの腕が、体が、顔が、まるで波が引くように現れる。きつく閉じていた口が、にんまりと笑うのを見て、アメリアは戦慄《せんりつ》した。

「乗っ取られ、た……？」

「――同じ悪霊にそう何度も乗っ取られないよ。封印する時に、英雄を正気付かせて大人《おとな》しくさせる効果があるなら、もしかしたらと思ったけれども……やっぱり効くんだね。英雄の血筋の血って」

まるで茨から吐き出されるように出てきたセドリックが、不敵に笑って頬に走った傷を短剣で傷つけた腕でぬぐう。

先ほど手当てをしなくていいと言ったのは、これを見越してのことだったのか。

「お前、やめろよ。そういうの。心臓に悪いから」

「神官長ぉお……、命がいくつあっても足りなくなりますよお」

「でも、勝算はあったからね」

バージルとエディオンがほっとしたように咎《とが》めるのを、笑っていなしていたセドリックに、アメリアはつかつかと歩み寄って、傷がない方の頬をひっぱたいた。

「そういうことは先に言っておいてください！」

アメリアは血の気の引いた顔で、セドリックを怒鳴りつけた。

「今度こそ、もう駄目かと思って……」

「ご、ごめん……。そんなに心配するとは思わなかったから……泣かないで」

「泣いてません！　汗です！」

くわっとわめくように声を上げると、眉《まゆ》を下げていたセドリックにふいに手を引かれた。

引っ張られるまま、よろけるようにセドリックの後ろへとやられる。驚いて肩越しに振り返ると、セドリックを解放した英雄が、こちらを威嚇《いかく》するように大きく身を伸ばしていた。

「乗っ取れないのに、まだ僕の体が欲しいのか？　そうだよね。その体だと、喋《しゃべ》ることも恋人を抱きしめることもできないからね」

こちらの言葉を理解しているのか、怒ったようにぶるぶると震えだした英雄が、一歩後ずさったセドリックを追いかけるように、ずるりと動く。

「アメリア、円の向こうへ回って。歯車の円の中に引きずり込んで弱ったら、浄化してほしい」

セドリックの背後にいたアメリアは、セドリックの囁くような指示にモップを握りしめて頷くと、足音を忍ばせて円の向こうへと回った。

セドリックを追って、英雄がじりじりとこちらへとやってくる。その足に当たる茨が歯車の一つを踏みしめた。英雄がひときわ大きく、ぶるりと揺れる。

「今だ！」

英雄の姿がわずかに形を保てなくなったのを見逃さず、バージルがはがした石床の下の土を軽く掘って作っておいた穴にアメリアのお守りを放り込んだ。それを待っていたエディオンが外した石床で蓋をする。

「――――っ!!」

セドリックを追って時計の歯車で作られた円の中に半ば入っていた英雄が、声にならない悲鳴を上げる。

ぼたぼたと黒い茨が英雄の体から湧き出て、床を黒く染めていった。その姿がみるみるともとの精悍《せいかん》な青年の姿へと戻っていく。

「これって……。今まで取り込んだ怨念《おんねん》とかですか!?　汚い……っ」

セドリックの答えを待たずに、アメリアはのたうち回る茨をモップでこすり消そうとした。

「アメリア！」

セドリックの声にはっとして振り返る。英雄がこちらに手を伸ばして触れようとする瞬間、ばしゃり、と勢いよく水がかかった。

「――――っ!!」

英雄が絶叫を上げたのがわかった。避け損《そこ》ねた英雄の肩が蒸発するように消える。その向こうに、聖水が入っていた空の桶を持って鋭く睨み据えているセドリックの姿があった。

「アメリアに触るな」

セドリックの激昂《げっこう》のあまり逆に冷え切った声が耳に届く。

「殿下、触らないと浄化できませんよ」

「触られるのと、触るのとは違うよ」

屁理屈をこねるセドリックに呆《あき》れてしまう。それでも言いたい気持ちはよくわかって、嬉しいが簡単には喜べない。

霊になっても痛いのか、アメリアは肩を押さえて膝をつく英雄の前に立った。苦悶《くもん》の表情を浮かべた英雄が顔を上げる。

「――――」

口の形が「シーラ」と恋人の名前を綴《つづ》ったのがわかる。

「ごめんなさい。あなたの恋人じゃないし、あなたの声もわたしには聞こえないの」

英雄の表情は愛しい恋人を見上げるそれで、やるせない気持ちになった。

「シーラさんが待っているわ。ゆっくり眠りましょう」

はっと何かに気付いたような表情をした英雄が自分が埋葬《まいそう》された辺りを振り返る。その背中を押すように、アメリアは両手を広げて英雄を抱きしめた。

触った感触はない。陽炎《かげろう》のような英雄の体が煙のように消えてしまうその間際、英雄の墓からふわりと浮かび上がった白い影が、見知らぬ女性の姿を結んだかと思うと、アメリアと向かい合うように英雄を抱きしめて、微笑《ほほえ》んだ。

『――ありがとう』

その女性の声がたしかにそう耳に届いたかと思うと、英雄と女性の姿はひび割れたステンドグラスから差し込む柔らかな虹《にじ》色の光に溶けるように、ふっと消えた。

エピローグ

さっと窓のカーテンを開けると、眩《まばゆ》い朝日が差し込んできた。

暖かいというよりは、そろそろ暑くなってきた日差しに、目を細めたアメリアは窓を開けると、モップを片手にすぐさま部屋の中央にある寝台へと向かった。

室内が明るくなっても深く眠り込んでいるのか、身じろぎもせずに眠り続けているセドリックの肩をアメリアはかなり強めに揺さぶった。

「殿下！　起きてください。今日はなにも憑《つ》いていませんでしたよ！」

英雄が消えてから数日。以前のように朝、セドリックの寝室に靄《もや》が溜《た》まっているということはなくなった。今だけなのか、それとも違うのかはよくわからないが、ともかく安堵《あんど》できることには違いない。

(憑いていなくても、寝起きが悪いのね……)

苦笑しつつも、早く起きてもらわないとエディオンが礼拝に間に合わない、と半泣きになるので、さらに肩を揺すろうとしてふと考える。

(あれを試してみる？)

少しだけ身じろぎ始めたセドリックをじっと見下ろして、そんなことを考えていると、心臓がドキドキとしてきてしまった。肩に置いた手に一瞬だけ力を込めて、口を開く。

「――セドリック様、起きてください」

自分からやろうとしたくせに、途中で恥ずかしくなって小さな声で名前を呼ぶと、それまでどうしても開かなかったセドリックの白い瞼《まぶた》が、驚くほど大きく開かれた。

あまりにも急に目を開けたので、硬直してしまったアメリアの姿を見つけたセドリックが眩《まぶ》しい物を見るように目を細めた。

「おはよう、アメリア。今、僕の名前を呼ばなかった？」

「おはようございます。わたしは知りません。夢じゃないでしょうか」

素知らぬ顔をして嘘《うそ》をつくと、寝起きで頭が働いていないセドリックは不思議そうに目を瞬いて、すぐに噛《か》みしめるように微笑《ほほえ》んだ。

「夢じゃないよ。たしかに聞こえた。うん、やっぱり君に呼ばれると嬉《うれ》しい」

幸せそうなその笑みに、アメリアは逆に胸が詰まった。

「――英雄も、呼ばれたかったのでしょうか」

英雄はあれから一度も現れていない。それればかりか、いつも城を漂っていた靄や黒い埃《ほこり》のようなものは、目に見えて減っていた。人に害を及ぼすことはこれで格段に減るだろう。

英雄の墓は丁重《ていちょう》に清められたが、その後どうするかはまだこれから話し合いが必要らしい。

「あれが封印だったのか、浄化だったのかもわかりませんし……」

消える間際に現れて英雄を抱きしめたあの女性は、おそらく恋人だったのだろう。数百年も経《た》って、ようやくまた会えたのだ。それまでずっと英雄は名前を呼んでほしかったのかもしれない。

「浄化だといいんだけれどもね。大丈夫、今頃《いまごろ》沢山呼んでもらっているよ」

セドリックの肩に置いた手を宥《なだ》めるように軽く叩《たた》かれて、アメリアは小さく微笑んだ。

「そうですね。――それは置いておいて、早く起きてください。今日は特別礼拝ですから、なおさら遅れることはできませんし。それに……」

アメリアは言葉を続けかけて、やめた。それを察したのか、セドリックがようやく体を起こしてアメリアと目線を合わせた。

「それに？」

「ええと、あのっ、たいしたことではないんですけれども、特別礼拝に付き添っていくのはこれで最後だと思いますし、ちゃんと見ておきたいというか……」

煌《きら》びやかに飾られたセドリックの姿を見ておきたいとは言えず、照れたように笑うと、セドリックは不可解そうに片眉《まゆ》を上げた。

「君はなにを言っているのかな。最後ってどういうこと？」

「え？　もう英雄の霊は出てこないと思いますし、わたしが付き人をやっている理由はなくなりましたから、元の部署に戻されるのかと思ったんですけれども」

虚をつかれたように喋《しゃべ》ると、セドリックにがしりと両肩を掴《つか》まれた。

「君は元の部署に戻りたいの？」

妙に真剣な、それでいて焦っているような表情に面食らってなにも言えないでいると、セドリックはアメリアのその反応を勘違いしたのか、盛大な溜息《ためいき》をついて肩を放した。

「そうか、戻りたいんだね。城の隅々まで掃除したいとか言っていたりしたしね。——うん、わかった。ノエルに部署異動の手続きをしてもらうようにするよ」

あまりにもあっさりと納得してしまったセドリックに、アメリアは戸惑って目を瞬いた。

(え？　この前の殿下の様子だと、もうちょっと引き留めるとかあると思ったのに……。あれ？　そうするとあの時答えてもらった言葉はなんだったの？)

英雄を浄化する前、セドリックが何でも教えてくれると言ったので、ずっと知りたかったことを尋ねてみた。あの時答えてくれた言葉は、なんだったのだろう。


——そのままの意味だよ。君が好きだから自分のものにしたいし、嫉妬《しっと》もする。


(頭に血が上りすぎて、返事ができなかったけれども……。でも、もしかしてこれって、返事云々《うんぬん》より、わたしの聞き間違い？)

そうだとしたら、どれだけ自惚《うぬぼ》れていたのだろう。

恥ずかしいという思いと、それに加えてなんだかセドリックに振られたような気分になってしまい、ずっしりと心が重くなった。それでもどんよりとした気分を表には出すまいと、必死に口角を上げる。

「ありがとうございます。よろしくお願いします」

「うん、毎朝君に起こしてもらえるのは嬉しかったけれども、君が嫌なら仕方がないよね。でも——異動する前に、一つだけ教えてくれるかな」

妙に真剣で、どこか緊張感を漂わせるセドリックに、それが移ったかのようにアメリアは背筋を伸ばした。

「僕は君が好きだと言ったよね？　それの返事を教えてほしい」

アメリアはモップを両手で握りしめて、顔を赤らめた。

「……聞き間違いじゃなかった」

「え？」

「いえあの、なんでもないです」

思わずこぼれてしまった言葉に、慌てて首を横に振ったが遅かった。モップを握った手を覆《おお》うようにセドリックが両手で握りしめてきた。その表情は笑ってはいたが、どことなく不穏な気配を感じる。

「ねえ、君、僕の告白を聞き間違いだと思っていたの？」

「お、思っていません！　聞き間違いだと思ったのは、ついさっきです！　殿下が……」

「うん、僕が？」

先を促すように顔を覗《のぞ》き込まれて、見慣れてしまった秀麗な顔が迫り思わず視線を落とす。

「……部署異動を引き留めてくれなかったので……。告白はわたしの聞き間違いだったのかもしれないと思ったんです！」

勢いのまま半ば叫ぶように言ってしまうと、アメリアは羞恥《しゅうち》のあまり顔を伏せた。

「僕に引き留めてもらえなかったから、いじけたの？」

「いじけてません」

「じゃあ、すねたの？」

「すねてません。それってほとんど同じ意味ですよね？　からかわないでください！」

怒ったように顔を上げると、セドリックはこの上もなく幸せそうに微笑んでいた。そのことにぐっと押し黙る。

「からかっていないよ。嬉しいから、何度も確認したくなるんだ。それに君の反応が見たい」

「反応が見たいって……。面白がらないで――」

呆《あき》れたように嘆息《たんそく》しかけて、セドリックの耳がわずかに赤くなっているのに気付いた。

「――もしかして、照れ隠しで言っていませんか？」

疑いの目を向けると、セドリックは視線を泳がせた。これは、アメリアの言ったことが当たっていたのだろう。

(殿下も、そんな風に思ってくれるのね)

自分ばかりが動揺させられていると思っていたが、そうでもないらしい。

同じような気持ちでいてくれることに、胸の辺りがふわりと温かくなる。

セドリックが気を取り直すように、咳払《せきばら》いをした。

「うん、それじゃ、君の返事を聞かせてくれる?」

「え、改めて言わないと駄目ですか?」

「わかり切っていても、言葉が欲しい。僕は言ったのに、君からは貰《もら》えないのかな?」

ねだるように言われてしまい、アメリアはみるみると赤くなった。

「それはそうですけれども……。そもそもわたしのどこがいいのか、不思議です」

「気になる、じゃなくて、不思議?」

「はい、不思議です」

「そういうところもだよ」

わけがわからない。そんなことを話しているうちに、ようやく顔の熱が引いてきた。

(今度こそ、言えそう)

大きく息を吸って、セドリックを見上げる。しかし顔を見つめているうちに、再び何も言えなくなってしまって、何度も口を開いては閉じを繰り返す。

「――アメリア」

　しばらく何も言わずに待っていてくれたセドリックが、業を煮やしたように名前を呼んで両手を握りしめて引き寄せてきた。あまりの勢いに、思わず寝台に膝《ひざ》が乗り上げてしまう。間近に迫ったセドリックの表情はあの英雄を浄化する前に聖堂の扉のところで見たものとほぼ同じだった。

「君のモップさばきに惚《ほ》れたんだ。ずっと僕の側《そば》で掃除をしていてほしい」

「……え？」

　言われた言葉がとっさに理解できず、アメリアはぽかんとしてセドリックを見返した。

　――と、その時。

「殿下！　これはどういうことなのか、説明をしていただきたい!!」

　慌ただしい足音と共に寝室の扉を蹴破る勢いで飛び込んできたのは、なぜか激怒した様子の兄・ノエルだった。

　寝台の上で手を取り合っている男女の図。というあからさまな構図を見せつけられて、いつも冷静なはずの兄が、はくはくと口を魚のように開閉した。

「に、兄さん違うの、これは……」

　慌ててセドリックを突き飛ばしたアメリアは、寝台から下りると兄が握りしめている紙に気付いて眉をひそめた。

「それ、お父様の字よね？　家で何かあったの!?」

火急の知らせかと思ったアメリアは、兄からひったくるようにして手紙を奪い、読み進めたが、読み進めるうちにみるみると赤面した。

「なに、これ……。婚約の許可？　わたしと殿下の？　どういうことですか、殿下！」

怒りなのか羞恥なのかわからないが、ぶるぶると震える手でセドリックに手紙を突きつけると、セドリックは蒼白《そうはく》になって激しく首を横に振った。

「違う！　僕じゃないんだ。姉上が勝手に婚約話を持ちかけたんだよ。ほら、姉上が君の故郷に知らせを送ったとか言っていたことがあったじゃないか。それなんだよ」

混乱する頭に、女王ハリエットの、茶目っ気たっぷりの笑顔が蘇《よみがえ》る。

——秘密、です。でも、心配いりませんわ。悪いことを伝えたわけではありません。

食わせ者だと思っていたセドリックよりも、女王陛下の方が一枚上手《うわて》だったようだ。

嬉しいとか嬉しくないとかそんなことよりも、突きつけられた現実に頭がついていかない。

そんなアメリアの隣で、我に返った兄が、セドリックに詰め寄る。

「それを知っていたのに、あなたはすぐにこれは女王陛下の独断だと訂正をされなかったのですね？」

「できるわけがないだろう！　女王陛下命令だぞ。いくら弟でも、正式書類に記されたものをそう簡単に覆《くつがえ》せるわけがない」

「あなたなら、書類の改ざんや偽造は朝飯前でしょうが！」

「僕を犯罪者にするつもりか、お前は。それは特に問題がない日常の報告書だけしかやっていない！」

激昂《げっこう》した兄と、それに対抗して言い返すセドリック、という朝から疲れるような状況に、そろそろ手が出そうになってきたので、慌ててアメリアが止めに入ろうとすると、その肩をぽんと誰《だれ》かに叩かれた。

「お疲れ様です、アメリアさん」

にっこりと笑うエディオンの手には、並々と水が張られたボウルがあった。

セドリックの洗顔用の水だと気付いたアメリアは、少し目を見開きすぐに力強く頷《うなず》くと、モップをエディオンに渡してその代わりにボウルを手に取った。そうして勢いよく二人に向けて水をぶちまける。

「冷たっ！　アメリア!?」

「お前は何をするんだ！」

それほどの量はなかったが、十分に正気付かせるものだったのだろう。言い争いをやめた二人がこちらを向く。

「――礼拝の時間が迫っていますので、お支度をしてください」

にっこりと威圧を込めて微笑むと、二人は気まずそうに顔をそらした。

すぐ側で能天気にも拍手をしていたエディオンが、さっとアメリアにモップを渡す。

「お掃除しますから、出ていってもらえますか？」

据わった目で言い放つと、兄は珍しく身を縮めるように出ていき、セドリックは少しだけアメリアに申し訳なさそうな視線を向けて出ていこうとした。

その背中に少し躊躇《ちゅうちょ》したが、モップを握りしめたまま口を開く。

「ずっとお側でお掃除させてもらってもいいですか？　セドリック様」

寝室の外に出たセドリックの足が止まる。こちらを振り返った驚きに溢《あふ》れた顔が、みるみると紅潮していく。

「アメリア、それって……」

セドリックに聞き返される前に、恥ずかしくなったアメリアは寝室の扉を勢いよく閉めた。

そうして扉を背で押さえるようにして、大きく息を吐く。

「アメリア！　今のって、もうちょっとちゃんと聞かせてくれないかな!?」

どんどんと扉を叩くセドリックの声に、アメリアは火照《ほて》った顔を両手で押さえ、その場にしゃがみながらモップを抱え込んだ。

281　王弟殿下とお掃除侍女　掃除をしていたら王弟殿下(幽霊つき)を拾いました

あとがき

はじめまして。またはお久しぶりです。紫月恵里です。

沢山の作品の中からこの作品を手に取っていただきまして、ありがとうございます。

今回のお話はほぼタイトルの通りのお話です。

お掃除大好きな主人公が、憑かれやすい王弟殿下の周囲を掃除（？）しまくる話なんですが、担当さんとの打ち合わせで主人公は空気清浄機、という単語が出てきて思わず笑ってしまいました。

確かにある意味空気清浄機なんです。何もしなくてもいるだけで色々とごっそりと綺麗にしてくれるので。幽霊が花粉や埃と同列の扱いになっているのが、不憫と言っていいのか、何と言ったらいいのか。

その幽霊ですが、作者はホラーや怪談が苦手です。

子供の頃はその手の話が出ると、耳を塞いで「あー」と声を出し、絶対に聞こえないようにしていました。

中でも一番印象に残っているのは、塾の夏期講習で時間が余ったからと、講師の先生がした怪談話。逃げ出すわけにもいかず、聞く羽目に。案の定、その夜はなかなか寝付けませんでした。

今でも時々思い出してぞくりとしてしまうという感じで、若干トラウマになっていますが、そんな作者が書いているので、怖くない話に仕上がっていると思います。

そもそも怖いくせに、どうして幽霊ネタを引っ張り出してきたのかというと、前作で大人しい女の子を書いたので、今度は活発で元気な女の子が書きたい↓元気よくお城を掃除しまくる姿が浮かぶ↓古城には幽霊がつきもの↓そうだ幽霊をモップで掃除しようという、謎の連想ゲームが成り立ちまして、こうなりました。もともと自分で書く分には問題ないのと、怖く書くつもりはなかったので大丈夫でした。

その、怖く書かないようにする為の今回のもふもふ成分のたぬき（自動人形）なのですが、これ本当は元は熊でした。書いているうちにどうしてもたぬきが浮かんでしまって仕方がなかったので変更したのですが、自分で書いておきながら何となく化かされた気分です。

いつもより沢山あとがきページを頂いたので、若干作品に関係ないことまで書いている気もしますが、紙面も尽きてきましたので謝辞を。

イラストを引き受けて頂きました、すがはら竜先生。繊細なイラストにうっとりとしてしまいました。そしてたぬきのデザインにこだわって我儘を言ってしまい、すみません。ほどよいもっちりとした感じが可愛いです。

そして担当様、今回はいつも以上に進みが悪く、なかなか仕上がらない中、根気よくお付き合いいただきましてありがとうございます。打ち合わせ中、噴き出してしまいすみません。楽しい気持ちにしていただきまして、ありがとうございます。

前回以上に長いタイトルに入れられるのかどうか心配していましたが、大丈夫ですと言っていただいたデザイナーの方や、この作品を作成するにあたって協力していただいた方々にもお礼申し上げます。

最後に、読者様に感謝を。元気なお掃除娘とそれに振り回される王弟殿下のお話を少しでも楽しいと思って頂けましたら、嬉しいです。

またお目にかかれることを願いつつ。

紫月恵里

王弟殿下《おうていでんか》とお掃除侍女《そうじじじょ》
掃除《そうじ》をしていたら王弟殿下《おうていでんか》(幽霊《ゆうれい》つき)を拾《ひろ》いました

2018年10月1日　初版発行
2018年11月5日　第2刷発行

著　者■紫月恵里
発行者■野内雅宏
発行所■株式会社一迅社
〒160-0022
東京都新宿区新宿2-5-10
成信ビル8F
電話03-5312-7432(編集)
電話03-5312-6150(販売)
発売元：株式会社講談社
(講談社・一迅社)

印刷所・製本■大日本印刷株式会社
ＤＴＰ■株式会社三協美術

装　幀■AFTERGLOW

ISBN978-4-7580-9107-7

この本を読んでのご意見
ご感想などをお寄せください。

おたよりの宛て先

〒160-0022
東京都新宿区新宿2-5-10
成信ビル8F
株式会社一迅社　ノベル編集部
紫月恵里《しづきえり》 先生・すがはら 竜《りゅう》 先生